THE CHALLENGE

전남대 MBA 동문 10인의 도전과 성장 스토리

더 챌린지

THE CHALLENGE

구종천 · 송휘진 · 송미정 · 최지성 · 고유현 · 기남균 · 김가경 · 박지현 · 이승미 · 김은경

그들의 도전과 변화의 설렘 가득한 스토리

도전으로 그리는 미래 | The future drawing through the challenges.

★ ★ ★ ★ ★
<전남대 MBA>가
추천하는
필독도서

★ ★ ★ ★ ★
직장인과
사업가들의
생생한
도전 이야기

★ ★ ★ ★ ★
**인세 100%
지정기부**
아동보육시설
이화영아원 지원

목차

PART 1 │ 직장인의 도전과 성장

PART 2 │ 사업가의 도전과 성장

각자의 길에서 최선을 다하는 전남대 MBA 원우 10인의 배움과 도전 이야기

구종천 | 한국쓰리엠 근무

비즈니스 인사이트와 혁신적 사고로

글로벌 리더이자

컨설턴트를 꿈꾸는 전략적 기획자

송휘진 | 한미약품 ETC 영업부

세일즈를 넘어 가치를 창출하는

영업 혁신 전문가

송미정 | aT한국농수산식품유통공사

K-Food로 세계를 여는

K-Food 해외 마케터

최지성 | 한미약품 ETC 영업부 지역장

사람과 조직의 성장을 이끄는 리더,

변화를 주도하는 관리자.

전략적 사고와 실행력을 바탕으로

팀과 하나 되어 함께 성장하는 리더

고유현 | 아티스트 & 경영학 박사과정

예술과 경영을 융합하여

새로운 가치를 창출하는 예술가

(시각예술 작가&문화 기획자)

기남균 | KMI 한국의학연구소 영상의학팀 파트장

의료 분야에서 경영적 시각을 더하며

조직을 혁신하는 리더

김가경 | 농협경제지주

농업경제 사업의 지속 가능한 발전을 위한

최고의 전문가

박지현 | ㈜ONDY 대표(IT회사) & 스터디카페 가맹 본부 운영

IT 기술을 접목한 학습 창업 솔루션으로
종합적인 공간 비즈니스 혁신을 이끌어
기회를 확장하는 기업가

이승미 | 레드포인트 대표, 공간 기획 및 디벨로퍼

콘텐츠 개발 및 교육 서비스로 교육을
혁신하는 교육 기획자

김은경 | 현지캐슬 및 다수 사업 운영 대표

전통과 현대를 잇는 창의적 기업가,
지속 가능한 가치를 만들어 가는 경영자

미국 캘리포니아에는 지구상 가장 크고 거대한 나무의 군락이 있습니다. '자이언트 세쿼이아(Giant Sequoia)' 국립공원입니다. 가장 큰 나무는 키가 130m에 이르고, 나무의 지름이 10m나 된다고 합니다. 수령 또한 세계 제일인데, 어떤 나무는 5천 년을 족히 살았을 것으로 추정된다고 합니다. 세쿼이아의 성장 과정 중 독특한 몇 가지를 이야기하고 싶습니다. 세쿼이아는 산불이 나게 되면 비로소 씨앗을 발아합니다. 산불은 나무는 물론 모든 생명을 앗아가지만, 세쿼이아는 다른 나무들이 타죽어 없어진 곳에 뿌리를 내립니다. 세쿼이아에 불은 생명의 시작이 됩니다. 어려운 환경을 성장의 계기로 만드는 것입니다.

세쿼이아는 씨앗이 발아한 후 땅속에서 일정 기간 뿌리를 형성하며 성장합니다. 일반적으로 발아 후 처음 몇 년 동안은 지상으로 자라지 않고 땅속에서 뿌리와 줄기를 두껍게 만드는 데 집중합니다. 이 과정은 환경 조건에 따라 다르지만, 대개 10년에서 20년 정도의 시간이 걸린다고 합니다. 이 시기가 지나고, 적절한 조건이 마련되면 불과 몇 년 만에 수십 미터를 자라 버립니다. 세상에 모습을 드러내기 전에 자신의 역량을 다지고 또 다지는 것입니다.

마지막으로 이 나무는 뿌리가 서로 얽혀 자라는 군집 생활을 합니다. 이들이 큰 키와 덩치로 온전히 서 있으려면 서로의 뿌리에 의지할 수밖에 없습니다. 어느 하나가 죽으면 그 공간이 비게 되고, 버팀이 되어 주던 관계의 사슬도 끊어지게 됩니다. 옆의 나무가 서 있어야 나도 서 있을 수 있다는 사실을 나무도 아는 것입니다. 함께 서로의 버팀목이 되는 방법인 것입니다. 서로가 서로의 지지대가 됨으로써 공동의 이익을 만드는 것입니다.

저는 세쿼이아를 닮은 우리 MBA 원우들을 바라봅니다. 도전과 성장은 언제나 우리 삶을 변화시키는 원동력입니다. 이 책, 『더 챌린지』는 전남대학교 경영전문대학원의 10명의 원우들이 각자의 도전과 성장의 이야기를 담아 낸 값진 결과물입니다. 직장인과 사업가, 그리고 다양한 산업 분야에서 활동하는 이들에게 MBA 과정이 어떻게 성장의 계기가 되었는지, 이 과정을 통해 어떤 내실을 다져 왔는지 어떤 변화를 경험하고, 어떤 가치를 발견했는지를 생생하게 전하고 있습니다. 더불어 졸업 이후에도 끈끈하게 서로의 버팀목이 되어 주고 있는 모습을 보여 줍니다.

책 속에서 우리는 새로운 배움에 대한 갈증으로 시작한 도전이 결국 더 넓은 시야를 열어 주고, 실천을 통해 자신을 단련하는 과정이었음을 각자의 이야기 속에서 확인할 수 있습니다. 또한, 원우들이 서로의 경험을 공유하며 함께 성장하는 모습은 MBA의 가장 큰 가치인 '네트워크와 협력'을 상징적으로 보여 줍니다. 특히, 학업과 실무를 병행하며 얻은 값진 교훈, 그리고 변화와 혁신을 향한 열정은 앞으로 MBA를 꿈꾸는 이들에게도 큰 용기와 영감을 줄 것입니다.

전남대학교 MBA는 단순한 지식 습득을 넘어, 변화를 주도하는 리더를 양성하는 곳입니다. MBA 과정이 우리 원우들에게 세쿼이아의 씨앗을 발아시킨 산불이 되었기를 소망합니다. MBA에서 배운 모든 과정이 여러분의 역량과 가치를 성장시키는 계기가 되었기를 희망합니다. 또한 『더 챌린지』가 배움의 여정에 있는 많은 MBA 원우들에게 의미 있는 지침서가 되기를 기대합니다. 이 책을 출간한 원우들에게 깊은 감사와 축하를 전하며, 앞으로도 이들의 도전이 계속되기를 응원합니다.

◆

한병섭(전남대학교 경영전문대학원 원장)

◆

◆ ◆ ◆

살며, 사랑하며, 꿈꾸는 반딧불들과 함께했던 시간

MBA는 지식만 쌓는 곳이 아니라, 서로에게 배우고 함께 성장하는 공간이었습니다. 저녁이면 반짝이는 여러분의 눈빛 덕분에 강의하는 순간이 언제나 보람과 즐거움으로 가득 찼습니다.

토요일 오전, 벚꽃이 흐드러지게 핀 캠퍼스를 함께 산책하며 나눈 이야기, 수업이 끝난 후 밤하늘의 별과 음악을 들으며 일상과 꿈을 공유하던 순간, 피자와 함께한 개강 파티에서의 웃음, 함께 떠난 MT, 그리고 송년회에서의 따뜻한 시간까지—그 모든 순간 여러분들은 빛났습니다.

여러분이 만들어 낸 이 책은 단순한 기록이 아니라, 함께했던 열정과 도전의 증거입니다. 치열한 현실 속에서도 꿈을 향해 한 걸음씩 나아간 원우 여러분 모두 빛나는 반딧불입니다. 정말 자랑스럽습니다. 여러분의 용기와 열정으로 빚어낸 이 책이 또 다른 도전을 꿈꾸는 새로운 사람들에게 큰 응원과 격려가 될 것입니다.

과거가 현재를 도울 것이라 믿습니다.

◆

최용득(전남대학교 경영전문대학원 부원장)

◆

전남대 경영전문대학원 원우 열 분의 스토리가 책 한 권으로 묶였습니다. 여기에 담긴 이야기들은 도전하는 사람만이 들려줄 수 있는 크고 작은 실패와 성공의 경험담입니다. 서로 다른 배경과 전문성을 가진 이들이 배움의 동반자가 되어 함께 걸어온 여정의 기록이기도 합니다.

한 분 한 분의 이야기에 공감되는 것은 그분들의 경험이 단지 개개인의 차원에만 머물지 않기 때문입니다. 전문 사회인들이 다시 학생이 되어 마주한 낯설고도 새로운 세계, 배움과 성찰의 관문에서 함께 머리를 싸매고 고군분투했던 일 등. 우리에게 도전은 힘들지만 그만큼 가치가 있고, 그 길에는 반드시 함께 걷는 많은 이들이 있을 것이라는 격려와 희망의 메시지를 줍니다.

인생을 살아감에 있어 도전을 통해 더 큰 미래를 계획하고, 이를 실제 실현시킨 이들의 성공 노하우는 무엇보다 값진 지혜입니다. 모두 열 분의 지혜와 통찰이 녹아든 이 책이 새로운 기회의 문 앞에 서고자 하는 지역의 리더들에게 용기를 주는 매개로 쓰이기를 바랍니다.

「MBA 성장 에세이」 출간으로 여러분만의 소중한 경험을 지역사회와 널리 나누어 주신 이승미 대표님과 원우 여러분께 감사드립니다. 여러분의 도전을 늘 응원하겠습니다. 감사합니다.

◆

강기정(광주광역시장)

◆

◆ ◆ ◆

대전환의 시대, 불확실한 미래 앞에서 방향을 찾고 계신가요?

이 책 '더 챌린지'는 경영전문대학원(MBA)에 도전하여 새로운 성장의 길을 개척한 10인의 생생한 경험을 담고 있습니다. 단순한 성공담이 아니라, 다양한 배경을 가진 이들이 스스로 한계를 넘어서며 배운 값진 교훈을 솔직하게 풀어냅니다.

개인의 경험담을 넘어, 인생의 관점을 재구성하고 새로운 기회를 찾는 데 필요한 인사이트를 제공합니다. 끊임없이 변화하는 비즈니스 환경 속에서 도전의 의미를 고민하는 독자라면, 이 책을 통해 강력한 동기부여와 실질적인 지혜를 얻을 수 있을 것입니다.

새로운 성장과 가능성을 모색하는 모든 분께 강력히 추천합니다.

◆

박현재(전남대 경영전문대학원 교수, 라이프 Reshaping 수석 컨설턴트)

◆

◆ ◆ ◆

저자들에게 전남대학교 MBA 선택은 도전이었고, '더 챌린지'는 성장입니다.

우리가 할 수 있는 가장 큰 모험은 바로 꿈꿔오던 삶을 사는 것입니다. 이 책은 독자들에게 그런 삶을 견인하는데 충분한 가치가 있습니다.

◆

최지호(전남대학교 경영전문대학원 교수)

◆

망설이고 계신가요? 새로운 변화를 꿈꾸는 분들이 꼭 읽어야 할 필독서입니다. 나이를 개의치 않고, 끊임없이 도전을 추구하는 호남의 맹주 전남대학교 MBA 공부벌레들 10인 남녀의 멋진 삶의 방식과 모습을 생생하게 담은 책이며, 저는 이분들의 도전과 용기를 늘 응원합니다.

◆

고준(전남대학교 경영전문대학원 교수)

◆

◆◆◆

이 책은 전남대 MBA 학생들의 도전과 성장을 담은 감동적인 스토리입니다. 다양한 배경을 가진 이들이 협력하며 실무와 학문의 연결을 통해 문제를 해결하고, 새로운 가능성을 개척하는 과정은 운영관리의 핵심 원리인 지속적 개선과 혁신을 그대로 반영하고 있습니다. 조직의 효율성, 데이터 기반 의사결정, 협업의 중요성을 배우며 경영자로서 성장한 이들의 이야기는 실무 중심 경영 교육의 가치와 효과를 입증하는 좋은 사례가 될 것입니다.

◆

박수훈(전남대학교 경영전문대학원 교수)

◆

희망을 현실로 바꾸는 전력의 힘에 존경의 마음을 전합니다. 도전과 성장의 단어들은 우리들의 가슴을 뛰게 하는 열정 에너지의 근원입니다. 빨리 가려면 혼자 가고 멀리 가려면 함께 가라는 말처럼 인적 네트워크와 정보 공유를 통하여 개인의 발전과 멈추지 않고 공부하는 MBA 전통을 이어가기를 기원합니다.

◆

정경식(전남대학교 MBA 총동창회 회장)

◆

◆ ◆ ◆

   꿈은 결코 혼자만의 힘으로 이루어지지 않습니다.
특히 한 권의 책을 만드는 과정은 단순한 열망을 넘어선 도전의 연속입니다. 그리
고 우리는 그 도전을 함께 시작했습니다.

   일 년 전, 끊임없는 도전을 이어 가던 전남대학교 경영전문대학원(MBA) 원우
들과 함께 우리의 경험과 열정이 오랫동안 기억될 수 있도록 기록으로 남기고 싶다
는 마음에서 '더 챌린지 프로젝트(The Challenge Project)'를 기획하게 되었습니
다. 처음에는 하나의 아이디어에 불과했지만 뜻을 함께할 팀원들을 모으고 프로젝
트를 추진해 가며 수많은 도전과 변화를 마주했습니다.

   MBA 과정에서 만난 원우들은 각자의 경험과 지혜를 공유하며 협력했고, 이 책
은 그 과정에서 탄생한 공동 작업의 결실입니다. 직장과 학업을 병행하는 것만으
로도 벅찬 상황에서 책을 집필한다는 것은 결코 쉬운 일이 아니었습니다. 바쁜 일
상 속에서도 포기하지 않고 끝까지 함께했기에 우리는 더 큰 배움과 성장을 경험
할 수 있었습니다.

   이 책은 단순한 개인의 이야기가 아닙니다. 다양한 직업과 전문성을 가진 10명
의 원우들이 각자의 경험과 고유한 관점을 모아 만들어 낸 공동 프로젝트의 결과
물입니다. 때로는 포기하고 싶었던 순간도 있었습니다. 하지만 서로를 격려하고 응
원하며 다시 일어섰고, 끝까지 함께했기에 마침내 목표를 달성할 수 있었습니다.
우리는 책을 완성해 나가며 서로의 경험을 나누고, 더 나아가 이 책이 새로운 도전
을 꿈꾸는 누군가에게 작은 등불이 되기를 바랐습니다.

◆ ◆ ◆

비록 완벽한 이야기는 아닐지라도, 독자 여러분께 작은 여운을 남길 수 있기를 바라며, 우리의 도전이 누군가에게 새로운 시작을 향한 작은 용기가 되기를 소망합니다.

프로젝트를 이끌며 부족함이 많았던 리더였지만, 끝까지 포기하지 않고 함께해 준 아홉 분께 진심으로 감사의 말씀을 드립니다. 그리고 이 모든 과정이 가능하도록 아낌없는 응원을 보내 주신 전남대학교 경영전문대학원 한병섭 원장님과 기획 초기부터 든든한 지지와 격려를 보내 주신 최용득 부원장님, 세심한 도움과 열정으로 함께해 주신 임은영 MBA 디렉터님께 감사드립니다. 또한 MBA 원우들의 성장과 도전을 늘 지지해 주시고, 진정성 있는 가르침으로 큰 울림을 주신 박현재 교수님께도 특별한 감사함을 전합니다. 아울러 여러 전공 교수님들께서 베풀어 주신 소중한 가르침에 깊이 감사드리며, 함께 배우고 성장하며 응원을 보내준 MBA 선배, 동료, 후배 원우들께도 감사의 마음을 전합니다.

이 책을 통해 꿈은 혼자 이루어지는 것이 아니라 함께할 때 비로소 꽃을 피우고, 포기하지 않고 나아갈 때 그 꿈은 우리의 현실이 될 수 있다는 것을 전하고자 합니다.

『더 챌린지』가
더 큰 꿈을 찾는 첫걸음이 되고,
더 높은 목표를 위한 길잡이가 되어,
더 넓은 세상을 향한 도전(The Challenge)으로 이어지기를 바랍니다.

2025년 따스한 봄, 전남대학교 용지관에서

구종천 드림

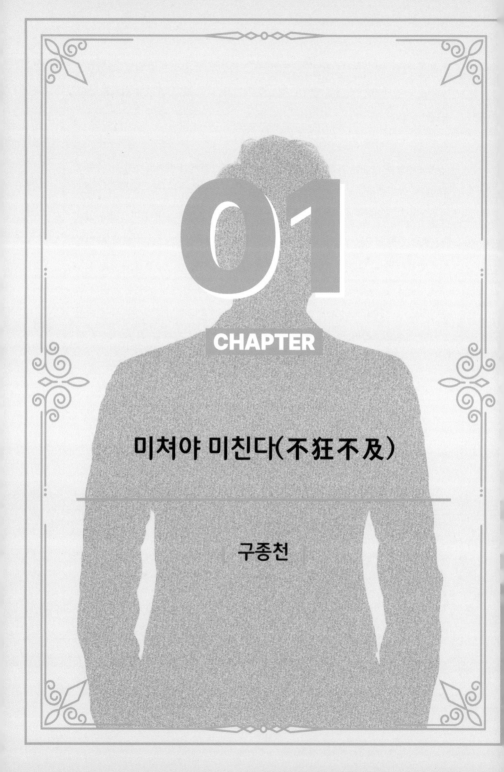

CHAPTER 01

미쳐야 미친다(不狂不及)

구종천

THE CHALLENGE

나는 틀림없이 할 수 있다.

"우리 모두는 각기 다른 직업과 역할을 가진 채 이곳에 모여, MBA라는 이름으로 함께 고민하고 의지하며 끊임없이 배워 가고 있습니다. 처음에는 어색하기도 했지만 이제는 함께 웃으며 즐겁게 성장하고 있습니다."

2023년 12월, 송년회 겸 전남대 'MBA Homecoming Day'에서 재학생 대표로 인사말을 전했던 순간이 아직도 생생하다. 대학원 교수님들과 선배, 동기 원우들 앞에서 떨리는 마음으로 준비한 내용을 잊어버릴까 걱정했지만, 다행히 무사히 마칠 수 있었다. 이후 원우들이 찍어 준 사진과 영상을 보며, 당시의 긴장감 속에서도 도전에 대한 열정이 가득했음을 다시금 느낄 수 있었다.

MBA를 시작하기 전, 나는 배움에 대한 갈증을 느끼고 있었다. 일상에서 채워지지 않는 부족함이 있었고 업무적으로도 더 큰 동기부여와 전문적인 학습이 필요했다. 지자체나 교육센터에서 운영하는 다양한 프로그램에 참여해 보았지만, 깊이 있는 학습으로 이어지기엔 아쉬웠다. 고민하다 더욱 체계적이고 깊이 있는 교육을 받을 수 있는 MBA에 도전하기로 결심했다. 당시 영어 공부를 위해 꾸준히 노력하고 있었지만, 스스로 충분히 열정적이지 못하다는 생각이 들었다. 그런 내게 MBA는 단순한 학업 이상의 도전이었고, 이 과정이 새로운 동기부여가 되어 주길 바랐다.

지원서를 제출하고 면접을 보던 날, 오랜만에 느껴보는 긴장감이 나를 설레게 했다. '얼마 만에 다시 접하는 면접인가?'라는 생각에 기분 좋은 자극을 받았다. 교수님들과의 면접 중, "합격하면 아들과 함께 공부하면 좋겠네요."라는 말을 들었을 때 더욱더 이 도전에 대한 의지가 강해졌다. 합격 소식을 듣고 주변 몇몇 지인들에게만 소식을 전했다. MBA 도전은 누군가에게 보여 주기 위한 선택이 아니라, 스스로의 부족함을 채우기 위해 시작한 도전이었기에 더욱 진심을 담아 임하고 싶었다. 특히, 회사 선배와 후배의 응원은 큰 힘이 되었다. 늘 도전하는 나를 응원해 주는 동료들이 있었기에 더욱 용기를 낼 수 있었다.

무엇보다 아내와 두 아들은 나의 모든 도전을 가능하게 한 가장 큰 원동력이었다. 맞벌이로 바쁜 일상 속에서도, 나의 업무와 학업을 누구보다 응원해 준 아내는 늘 든든한 버팀목이 되어 주었다. 몇 년 전, 회사에서 영업 업무에 도전하고 싶다고 했을 때도 서울 본사 출근으로 인해 주말부부가 될 수밖에 없는 현실을 흔쾌히 받아들여 주었다. 아내의 한결같은 믿음과 응원 덕분에 나는 새로운 도전에 대한 두려움 대신 용기를 낼 수 있었다.

MBA 과정을 시작하며 나의 도전은 가족에게도 긍정적인 영향을 주었다. 직장과 학업을 병행하는 내 모습을 보며, 우리 가족은 각자의 목표를 세우고 함께 성장하는 한 해를 만들기로 했다. 나는 한 학기 동안 직장과 MBA를 병행하며 끝까지 해내는 것을 목표로 삼았고, 아내는 직장 내 새로운 시험에 도전하기로 했다. 중학생인 큰아들은 영어 고등 모의고사 등급 향상을, 둘째는 독서 올림피아드 입상을 목표로 설정했다. 우리는 각자의 목표를 손수 적어 거실에 붙여 두고, 시각화하여 매일 서로를 응원했다. 신기하게도 우리는 모두 목표를 달성하는 값진 경험을 할 수 있었다. 단순한 성취를 넘어, 도전하는 과정 속에서 서로가 더 돈독해졌고, 목표를 이루는 순간의 기쁨만큼이나 그 여정이 우리 가족을 더욱 성장하게 만들었다.

　도전은 우리 가족에게 특별한 일이 아니라, 자연스러운 삶의 일부가 되었다. 각자의 목표를 정하고 함께 성장하는 과정에서 우리는 단순한 성취를 넘어 서로에게 더 큰 힘이 되어 주었다. 목표를 이루는 순간의 기쁨뿐만 아니라, 도전하는 과정 자체가 우리를 더욱 단단하게 만들었다. 앞으로도 우리는 서로를 응원하며, 각자의 자리에서 끊임없이 배우고 성장해 나갈 것이다. 그리고 더 큰 도전 앞에서도 망설이지 않고 한 걸음 내디딜 용기를 가질 것이다.

◆ 여름을 지나 겨울로, 퇴근길 MBA

　더위가 채 가시기도 전에 시작된 수업은 도전 정신만으로 버티기엔 결코 쉽지 않았다. 사무실에서 아침 8시부터 오후 5시까지 업무에 집중한 뒤, 퇴근 후 다시 학교로 향해야 한다는 생각에 설레면서도 마음이 급해지곤 했다. 특히 출장이라도 있는 날이면 모든 일정을 맞추는 것이 더욱 버거웠다. 학교로 향하는 길은 기대와 부담이 공존하는 시간이었고, 한정된 시간 안에 모든 것을 해내야 한다는 압박감이 따라왔다.

　저녁 10시가 넘도록 이어지는 3시간의 수업은 배움의 즐거움이 체력의 한계를 넘어서지 못할 때도 있었고, 밀려오는 졸음과 싸우며 버텨야할 순간들도 있었다. 토론과 발표가 있는 날이면 자료 준비로 긴장감이 더해졌고, 그렇게 첫 학기는 정신없이 흘러갔다. 주말 수업까지 이어지면서 가족들의 응원이 더욱 고마웠지만, 함께하는 시간이 줄어드는 것에 대한 미안함도 커져만 갔다.

　20여 년 만에 다시 맞이한 학교 시험 기간은 마치 '조용한 전쟁터' 같았다. 학기 말 성적이 발표될 순간마다 기대와 아쉬움이 교차했고, 성적표를 받아 들 때면 스스로에게 아쉬움과 격려를 동시에 건네곤 했다. 그리고 학생이라면 누구나 그렇듯, 가장 기다려지는 순간은 역시 방학이 아니었을까? 차가운 겨울바람이 불어오며 첫 학기의 끝이 실감 났다. 처음이라 어색하고 벅찼던 MBA 생활은 어느새 일상이 되었고, 정신없이 지나간 시간 속에서도 도전할 만한 가치가 있음을 배울 수 있었다. 그렇게, 퇴근길 MBA는 내 삶의 자연스러운 일부가 되어 가고 있었다.

◆　**아빠도 학생이다, 함께 공부하는 우리**

　시험을 앞둔 주말이면 아들과 함께 집 근처 스터디 카페로 향했다.
　"아빠, 어디에 앉을 거야?"
　중학생인 아들과 나는 서로가 편안한 자리를 골라 앉았다. 각자 집중할 수 있도록 적절한 자리를 찾아 앉는 것이 주말 공부의 일상이 되었다.
　MBA를 다니며 얻은 의외의 장점 중 하나는 아들의 시험 기간을 자연스럽게 알 수 있다는 것이다. 나 역시 학생이었기에, 중간고사나 기말고사 준비를 함께하게 되었다. 스터디 카페에서 늦은 저녁까지 공부하던 시간은 내게도, 아들에게도 특별한 추억이 되었다. 그 시간 동안 나는 MBA 시험공부는 물론 밀린 리포트를 작성하거나 회사 업무를 처리했다. 때로는 공부하는 아들의 모습을 바라보며 흐뭇함을 느끼기도 했다.

아들들에게 늘 강조하는 말이 있다.

"중학교 3년, 고등학교 3년, 이렇게 6년은 인생에서 가장 중요한 시간이다. 이때 얼마나 노력하는가에 따라 앞으로의 선택지가 달라질 수 있다."

물론 아들들에게는 더 소중한 시간이 앞으로도 많을 것이다. 하지만 이 시기에 공부와 경험을 통해 스스로의 길을 선택할 수 있는 첫 번째 기회를 잡기를 바랐다. 다행히도 아빠보다는 엄마를 더 닮았는지, 아이들은 자기 주도적으로 공부와 놀이의 균형을 찾아가고 있다. 나는 그런 아이들이 대견하고 고맙기만 하다.

특히 큰아이는 어릴 때부터 회장 등 다양한 역할을 맡으며 리더십을 키워 왔다. 중학교에 입학한 뒤에는 부회장에 이어 전교 회장까지 맡으며 더욱 성숙하고 책임감 있는 모습으로 성장해 가고 있다. 동생도 그런 형의 모습을 보고 배워 가고 있어 감사할 따름이다. 아빠가 이루지 못한 일들을 하나씩 해내는 아들들을 볼 때마다 대견하고 자랑스러운 마음이 차오른다.

스터디 카페에서 이 원고를 작성하는 늦은 밤, 맞은편에서 열심히 공부하는 아들의 모습을 바라보며 나 자신을 다시 돌아보게 된다.

'배움은 단순히 좋은 대학이나 직장을 위한 것이 아니다. 그것은 인간이 가진 순수한 호기심을 채우고, 자신의 가능성을 확장하는 과정이며,

그 여정에는 끝이 없다.'

어디선가 보고 감명 깊어 다이어리에 적어 두었던 이 문장이, 오늘 이 글을 쓰며 더욱 깊이 와닿는다.

배움을 이어 가는 아빠, 도전을 멈추지 않는 아빠.
그것이 내 아들들에게 줄 수 있는 가장 값진 선물이 아닐까.
아들들 덕분에 나 역시 더욱 노력하는 아빠로 살아가고 있다.

◆ MBA, 배움과 실무를 잇다

MBA 과정은 단순히 이론을 배우는 데 그치지 않았다. 배운 지식과 통찰을 업무와 일상에 즉각적으로 적용할 수 있다는 것이 가장 큰 장점이었다. 특히, 다양한 직업을 가진 훌륭한 원우들과 함께하며 끊임없이 동기부여를 받았고, 그들과의 교류를 통해 새로운 인사이트를 얻을 수 있었다. 원우들의 경험을 공유하며 사고방식을 확장할 수 있었고, 문제를 해결하는 태도와 접근법까지 배울 수 있었다. 특히, 최근 창업을 시작한 원우들이 입학하면서 실무와 연결된 생생한 사례를 접할 기회가 많아졌고, 이는 내 배움의 깊이를 더욱 넓혀 주었다.

업무와 연결된 학문적 지식 또한 실제 업무에서 큰 도움이 되었다. 예를 들어, 신규 및 등록 업체의 재무 상황을 분석할 때 김선미 교수님의 회계 및 빅데이터 수업에서 배운 내용을 적용하며 보다 체계적이고 심층적인 분석이 가능했다. 또한, 전략경영, 서비스운영관리, 리더십, 마케팅, 인사노무관리 등 체계적인 커리큘럼을 통해 내 업무 방식이 한층 더 전문적이고 효율적으로 변화했다. 다양한 기업 사례를 분석하고, 포럼과 세미나를 통해 현실적인 비즈니스 문제와 해결 방안을 접하면서 새로운 관점을 얻을 수 있었다. 특히, 케이스 기반 학습은 이론과 실무를 연결하는 소중한 경험을 제공하며 비즈니스 역량과 업무 스킬을 크게 향상시키는 데 도움이 되었다.

MBA에서 만난 교수님들의 강의는 단순한 이론이 아니라 실질적인 통찰과 경험을 제공해 주었다.

박현재 교수님의 전략경영 강의는 기업 경험과 학문적 통찰이 결합된 귀중한 시간이었으며, 이를 통해 경영 전반을 바라보는 전략적 사고를 키울 수 있었다.

김민정 교수님의 조직행동론 강의는 조직 내 커뮤니케이션과 의사결정 과정을 실제 업무에 적용할 수 있을 정도로 체계적이고 인상 깊었다.

최용득 교수님의 리더십 강의에서는 리더로서 갖추어야 할 역량뿐만 아니라 팀워크의 중요성을 깊이 이해하게 되었다.

박수훈 교수님의 Supply Chain Management 강의는 현장에서 필요한 이론과 사례를 중심으로 진행되었고, 구매 및 공급망 관리 업무에 실질적인 통찰을 제공해 주었다.

최지호 교수님의 마케팅 수업과 고준 교수님의 전자상거래 수업에서는 디지털 마케팅 트렌드와 소비자 행동에 대한 심층적인 분석을 통해 업무에 활용할 수 있는 다양한 아이디어를 얻었다.

인사노무관리 수업에서는 조직 내 긍정적인 관계 구축과 갈등 해결의 실질적인 방법을 배우며, 조직 문화를 개선할 구체적인 아이디어를 얻을 수 있었다.

MBA 과정은 단순한 학문적 학습을 넘어, 현실적으로 적용 가능한 지식과 통찰을 제공했다. 이 과정에서 얻은 경험들은 나의 업무와 일상에 실질적인 변화를 가져왔고, 앞으로의 커리어와 개인적 성장에 든든한 기반이 될 것이다.

◆ '회사 유재석'에서 'MBA 9PD'로

회사와 MBA 생활에서 나는 늘 열정을 가지고 임했다. 특히, 회사 내 새로운 시스템의 정착과 활성화를 위해 다양한 프로그램을 기획하며 직원들의 적극적인 참여를 이끌었다. 또한, 회사 내 송년회, 부서 행사 등에서 사회를 맡아 진행하면서 '우리 회사 유재석'이라는 별명까지 얻었다. 이는 나의 기획력과 에너지를 인정받은 특별한 타이틀이었으며, 직원들과 함께 즐기고 소통하며 조직 문화를 더욱 활기차게 만드는 과정 자체가 큰 보람으로 다가왔다.

MBA 과정에서도 나의 기획력은 더욱 빛을 발했다. Global과 Korea MBA 원우들과 함께 크리스마스 파티, 별밤 파티, 봉사 활동, 스승의 날 행사, 종강 행사 등 다양한 이벤트를 기획하고 진행하며 적극적으로 참여했다. 나는 새로운 아이디어를 제안하고 실행하며, 원우들과 함께한 모든 순간을 즐거운 도전으로 만들었다. 이런 모습 덕분에 MBA 김은경 선배님께서는 나에게 'MBA 9PD'라는 새로운 별명을 붙여 주셨다. 함께 즐기고 도전하는 과정에서 더 많은 원우들이 참여하도록 이끄는 것이 나의 역할이었고, 이러한 기획과 실행이 가능했던 것은 늘 함께해 준 원우들, 그리고 아낌없는 격려와 지지를 보내주신 분들 덕분이었다.

나는 다른 사람들의 장점을 발견하고 칭찬하며 함께 성장하는 문화를 만들어 가기 위해 노력해 왔다. 업무적으로도 높은 기준을 세우고 성과를 달성하기 위해 최선을 다했으며, 그 노력을 감사하게도 인정받아 2017년 고용노동부 장관 표창, 2018년 미국 본사 Global 품질 Award(개인상)를 수상하는 영광을 얻었다. 현재도 미국 본사에서 받은 트로피는 회사 장식장에 전시되어 있으며 새로운 도전을 향한 나의 동기가 되어 주고 있다. 하지만 이 모든 성과는 나 혼자만의 힘으로 이루어진 것이 아니다. 많은 선배님들과 동료들의 가르침과 지원이 있었기에 가능했고, 그 분들의 따뜻한 격려와 현실적인 조언 덕분에 성장해 올 수 있었다.

MBA 도전 역시, 평소 "틀림없이 할 수 있다"며 응원해 주시고 멘토링을 아끼지 않으셨던 회사 선배님들이 있었기에 용기 내어 도전할 수 있었다. 늘 고마움이 있어 마음이 먹먹할 때가 있다. MBA 입학을 준비할 때에도 현실적인 조언과 따뜻한 응원을 아낌없이 전해 주신 선배님들의 지지 덕분에 한층 더 용기를 낼 수 있었다.

특히, 존경하는 한 선배님은 주니어 시절부터 늘 "밥 먹자"며 나를 챙겨 주셨고, 새로운 도전에 대한 용기를 북돋아 주셨다. 때로는 나태해질 때 따끔한 조언을 건네며 다시금 정신을 다잡을 수 있도록 이끌어 주셨다. 회사에서 은사님과 같은 존재였던 그분의 가르침 덕분에 나는 끊임없이 도전하며 성장할 수 있었다. 또한, 부서의 상사였던 또 다른 선배님

역시 긍정적인 멘토링과 아낌없는 응원으로 늘 동기부여를 해 주셨다. 이분들의 가르침 덕분에 나는 끊임없이 도전하며 성장할 수 있었고, 앞으로도 그 배움을 실천해 나가고자 한다.

이처럼 나를 응원하고 지원해 준 많은 사람들 덕분에 업무와 개인적 성장 모두에서 새로운 도전을 이어 갈 수 있었다. MBA를 통해 만난 교수님들, 원우들, 그리고 나를 응원해 준 회사 동료와 선배들의 믿음 덕분에 나는 오늘도 끊임없이 새로운 것을 기획하고 도전하며 성장해 나가고 있다. 앞으로도 그분들의 응원과 믿음에 보답하기 위해 더 큰 도전을 향해 나아갈 것이다.

◆ Global MBA 친구들과 English Cooking Class

Korea MBA로 입학했지만, 옆 강의실에서 만난 Global MBA 친구들과의 인연은 내 MBA 경험을 한층 더 풍요롭게 만들어 주었다. 처음 세미나실에서 Global MBA 친구들에게 말을 건 것은 영어 공부를 위한 작은 용기였다. "K-MBA 학생 중 처음으로 말을 걸어 준 사람이다."라며 그들의 말에 놀라기도 했지만, 그 후 우리는 다양한 추억을 쌓으며 서로에게 좋은 친구가 되었다.

추석에는 윷놀이를 TV에서만 보고 실제로 해 본 적이 없다는 얘기를 들어 윷과 판을 준비해 함께 윷놀이를 하며 즐거운 시간을 보냈다. 가을에는 주말을 이용해 장성 황룡강 꽃축제를 방문하고, 담양에서 솥뚜껑 닭볶음을 맛보며 특별한 시간을 보냈다. 일찍 학교에 가는 날이면 함께

학교 후문에서 저녁을 먹기도 하고, 크리스마스 시즌에는 행사 포스터를 제작해 크리스마스 파티를 기획했다. 과거 봉사 활동을 다닐 때 구입한 산타복이 있어 직접 분장을 하고 파티를 준비했다. 모두가 작은 선물을 준비하고 산타와 함께 사진을 찍고 게임을 하며 잊지 못할 추억을 만들었다. 특히, 산타를 본 적이 없다는 따뜻한 나라 출신 친구들에게는 이 순간이 소중한 추억으로 남았을 것이다.

또 캠퍼스에 벚꽃이 만개한 봄날, 함께 음식을 준비해 소풍을 즐겼다. 특히 원우들에게 친숙하고 따뜻한 박현재 교수님도 함께해 주셔서 더욱 뜻깊은 시간이 되었다. 방글라데시에서 온 Rayhan은 나를 "형"이라 부르며 잘 따랐고, 나도 그를 "브라더"라 부르며 자주 만나 식사를 하고 즐거운 시간을 보냈다. 한글이 서툴렀던 그는 수업 전에 학교에 일찍 와 나에게 한글을 배우곤 했는데, 그 과정을 통해 내가 예상보다 한글을 가르치는 데 소질이 있다는 걸 깨닫게 되었다. 이 경험을 계기로 한국어교원 자격증에 대해 알아보게 되었고, 기회가 된다면 외국인에게 한글을 가르치는 봉사 활동을 해 보겠다는 계획도 세웠다.

이렇게 친구들과 소중한 추억을 쌓아 가던 중, 졸업을 앞둔 친구들이 취업을 걱정하는 모습을 보게 되었다. 좋은 사람들은 누구나 누군가에게 도움이 되고 싶어 한다는 사실을 알게 되었고, 나 역시 그들에게 조금이라도 힘이 되고 싶어 평소 해 보고 싶다던 봉사 활동을 기획하게 되었다. 대부분의 외국인 유학생들은 한국에서 다른 사람들의 도움을 많이 받았는데, 정작 자신이 도움을 줄 수 있다는 생각을 행동으로 옮기지 못하는 경우가 많았다고 한다. 그래서 그들의 재능을 활용해 무엇을 할 수 있을지 고민했다.

그들이 가장 잘하는 것은 바로 "영어"였다. 이에 오랫동안 개인적으로 봉사 활동을 해 온 이화영아원과 협의해 'English Cooking Class'를 기획했다. 예상보다 반응이 뜨거웠고, 행사는 성공적으로 마무리되었다. K-MBA 동기 원우들도 함께 참여해 힘을 보탰으며, 최지성 원우는 후원 물품까지 전달해 주었다. 영아원 아이들은 처음으로 외국인과 함께하는 시간이 신기하고 즐거웠다고 했고, Global 친구들 또한 매우 뿌듯해하며 각자의 SNS에 소감을 남겼다. 학교에서도 행사 현수막을 지원해 주었고, 이 활동이 공식 홈페이지에 공유되면서 더욱 의미 있는 순간으로 남았다.

비록 짧고 작은 활동이었지만, 한국에서 누군가에게 도움이 되었다는 사실은 친구들에게 평생 잊지 못할 감동을 주었다. 졸업을 앞둔 Global 친구들은 앞으로도 인연이 이어지기를 바라며 서로를 응원하고 남아 있는 친구들과도 꾸준히 교류를 이어 가고 있다. 이 모든 경험을 통해 나는 언어와 문화의 장벽을 넘어 좋은 우정을 쌓고 서로에게 도움을 줄 수 있다는 것이야말로 MBA 과정에서 얻은 또 다른 선물이라는 걸 깨닫게 되었다.

◆ 반딧불이 모여 별이 된 밤, 캠퍼스 별밤 파티

계절마다 다른 매력을 보여 주는 전남대학교 캠퍼스는, 특히 봄과 가을이면 포근한 날씨 속 잔디밭에 삼삼오오 모여 앉아 담소를 나누는 학생들로 더욱 따뜻한 분위기를 자아낸다. MBA 수업을 좋은 사람들과 함께하다 보니 수업이 끝난 뒤에도 바로 집으로 가지 않고 과제, 직장 이야기, 그리고 일상을 공유하는 시간이 많았다. 그러던 중, 이런 시간이 그냥 보내기에는 아쉽게 느껴져 자연스럽게 '별밤 파티'를 기획하게 되었다.

별밤 파티는 거창한 행사는 아니었다. 늦은 밤, 함께 공부한 원우들과 돗자리와 과일, 랜턴 등을 준비해 조촐한 자리를 마련했다. 특히 지성이가 싱싱한 회를 떠 와 깜짝 놀랐고, 저마다 원우들이 정성껏 음식을 준비해 와 모두가 함께 맛있게 먹을 수 있었다. 밤하늘과 별빛 아래 따뜻한 대화를 나누며 각자의 꿈과 목표를 이야기하던 그 시간은 우리 모두에게 특별한 의미로 남았다.

그날 밤, 빛나는 별을 바라보며 "별이 되지 못하면 반딧불이라도 되지 않을까?"라는 생각이 떠올랐다. 반딧불 같은 작은 존재라도 함께 모이면 서로를 빛나게 할 수 있다는 사실에 우리는 미소 지었다.

즉석에서 박현재 교수님, 최용득 교수님, 박수훈 교수님께 늦은 시간임에도 연락을 드렸는데 흔쾌히 오셔서 따뜻한 미소로 자리를 빛내 주셨다. 작은 기획으로 마련된 자리였지만, 캠퍼스 잔디밭에 앉아 교수님들과 나눈 대화는 평소 수업에서 들을 수 없었던 깊은 통찰과 개인적인 경험을 공유하는 소중한 기회가 되었다. 교수님들께서는 학문적인 조언뿐만 아니라 삶의 지혜까지 아낌없이 나누어 주셨고, 우리는 그 시간 동안 더욱 큰 영감을 얻었다. 이 별밤파티는 단순한 모임을 넘어 서로의 꿈과 열정을 확인하는 잊지 못할 순간으로 자리 잡았다.

가을 축제 때도 캠퍼스는 또 다른 활기로 가득 찼다. 강의실이 있는 용지관 앞은 푸드 부스와 다양한 즐길 거리로 북적거렸다. 수업 전후로 함께 길거리 음식을 즐기며 나누던 대화와 웃음은 축제의 분위기를 한 껏 더했다. 선배님들, 동기들과 함께한 그 시간들은 학업뿐만 아니라 사람과 추억을 나누는 소중한 기회였다.

이렇듯 캠퍼스에서 보낸 시간들은 학문적 성장뿐만 아니라, 사람들과의 소통과 공감을 통해 더욱 풍요로운 기억으로 남았다. 별빛과 반딧불처럼 작은 순간들도 모여 큰 빛을 만들어 내듯, 이 경험들은 앞으로의 길에 소중한 등불이 되어 줄 것이다.

◆ MBA에서 만난 인연, 그리고 배움

MBA는 나에게 배울 수 있는 사람들을 만나고, 서로 다른 배움을 얻을 수 있는 소중한 기회를 주었다. 특히 다양한 분야에서 최선을 다하는 인생 선배님들에게 많은 인사이트와 배움을 느낄 수 있었다. 이처럼 MBA는 서로에게 또 다른 배움을 선사할 수 있는 곳임을 다시 한번 느꼈다.

MBA 손정호 선배님과 박병규 선배님은 남자로서 어떻게 나이 들어가야 할지에 대한 좋은 본보기가 되어 주셨다. 두 분 모두 훌륭하고 바쁜 조직의 관리자로 계심에도 불구하고, 열정을 다해 강의를 들으며 깊이 있는 질문으로 우리에게 인사이트를 제공해 주셨다. 두 선배님은 따뜻한 칭찬과 함께 몸소 가르침을 주셨다. 그 모습을 보며 나 또한 그 가르침을 실천하고자 노력했다. 김은경 선배님도 다양한 사업을 하시면서도 가장 앞자리에 앉아 학업에 대한 열의를 보여 주셨다. 특히 여러 사람을 만나는 사업을 하신 덕분인지 상황 판단 능력과 사람의 장점을 파악하는 통찰력은 정말 대단하다고 느꼈다. 이런 선배님들이 나를 믿고 응원해 주신 덕분에 다소 힘든 시기에도 마음을 다잡고 학업에 집중할 수 있었다.

입학 동기로서 늘 함께하며 희로애락을 함께했던 민호형, 남균이, 지성이, 지현이는 잊지 못할 소중한 사람들이다. 동기로서 OT 때 만나 친밀감이 더 생겼고, 힘든 시기에는 서로를 응원하고 격려하며 도전을 이어갈 수 있도록 했다. 임주한 원우는 MBA 선배이자 동갑내기로서 서로를 존중하며 많은 도움을 주고받았다. 특히 여름방학 때 몇몇 원우들과 함께 순천에 있는 주한 원우의 본가를 방문해, 백숙과 수박을 나누며 즐거운 시간을 보냈다.

MBA 생활 속에서 나는 누구에게나 배울 점이 있음을 깨달았다. 그중에서도 후배 이유아 원우의 프레젠테이션 실력은 특히 인상적이었다. 단순히 자료를 잘 만드는 것을 넘어, 메시지를 효과적으로 전달하고 청중을 설득하며 참여를 유도하는 능력이 탁월했다. 'Perfect Presentation'이라는 말이 어울릴 만큼 발표는 명확하고 강렬했다. 또한, 확신과 애정에 찬 말투로 "선배님~" 하며 다가오는 뛰어난 소통 능력은 후배이지만 배울 점이 많은 사람으로 기억된다. 그뿐만 아니라, MBA 생활을 통해 만난 많은 선배, 동기, 후배들에게서도 배울 점이 많았다. 각자의 자리에서 최선을 다하는 모습은 큰 자극이 되었고, 다양한 경험과 지혜를 나누며 서로에게 긍정적인 영향을 주었다.

◆ 유니잡(UNIJOB) 프로젝트: 사회적 가치를 실현하는 비즈니스 모델

MBA 과정 중 가장 기억에 남는 프로젝트는 유니잡(UNIJOB, University + Job)이라는 외국인 유학생 취업 연결 플랫폼 비즈니스 모델 발표였다. 이 프로젝트는 단순한 과제 수행을 넘어, 지방 기업의 인력난 해소와 외국인 유학생의 커리어 성장을 지원해 지역 경제와 글로벌 인재를 연결하려는 사업 아이디어에서 출발했다. 평소 느껴왔던 문제의식을 바탕으로, 팀원 모두가 진지하게 참여하고 즐기며 진행할 수 있었다. 동율, 남균, 지성이와 함께 팀을 꾸린 후, 다양한 정보를 분석하고 수집하며 프로젝트의 구체적인 틀을 잡아 갔다.

이 분야에 관심을 두고 연구 중인 대학원 박사과정 고유현 원우의 조언과, 실제 외국인 유학생들의 현실적인 고충을 반영하기 위해 인터뷰했던 Darshana, Perla Medina, Saloni, Okky의 의견이 큰 도움이 되었다. 그들의 경험은 유학생들이 직면한 문제를 깊이 이해하고, 실질적인 해결책을 모색하는 데 중요한 역할을 했다. 한국교육개발원의 발표에 따르면, 2023년 기준 약 20만 명의 유학생이 한국에서 공부하고 있지만, 졸업 후 국내 취업률은 10% 미만에 불과하다.

유학생들이 겪는 주요 문제로는 취업 정보 부족, 언어 및 문화적 장벽, 비자 문제 등이 있다. 하지만 현재 각 대학과 지자체에서 제공하는 지원만으로는 이러한 한계를 극복하는 데 어려움이 따른다. 이에 따라, 기존 취업 플랫폼과 차별화된 유학생 전문 커뮤니티형 '유니잡(UNIJOB) 프로젝트'를 기획하게 되었다. 이 플랫폼은 지방 기업과 외국인 유학생을 효과적으로 연결하는 것을 목표로 하며 보다 실질적인 취업 기회를 제공하고자 했다.

우리는 유니잡을 통해 일자리 매칭 시스템, 교육 프로그램 지원, 비자상담, 네트워킹 기회 제공 등을 제안하며, 이를 바탕으로 비즈니스 모델캔버스를 설계했다. 기존 정보와 데이터를 분석하고 이를 바탕으로 시장 분석, 운영 계획, 마케팅 전략, 그리고 수익 구조를 설계했다. 특히 수익 모델(Revenue Streams)에 집중하여 유니잡이 지속 가능하게 운영될 수 있도록 자원을 확보하는 데 주력했다.

프로젝트가 완성된 후, 강사로 초청된 싸이월드 공동 창업자인 이한수 대표님과 교수님 앞에서 사업 계획을 발표하는 특별한 시간이 있었다. 발표 당시 긴장되기도 했지만, 단순히 비즈니스 모델을 설명하는 것에 그치지 않고 우리가 고민한 사회적 문제와 그 해결책을 공유하는 의미 있는 경험이었다. 프로젝트를 마치며 사업의 성공 여부와 관계없이 외국인 유학생과 지역 사회에 기여할 수 있는 봉사 활동에 대한 관심이 더욱 커졌다. 향후 취업 지원 멘토링, 다문화 교류 프로그램, 소외계층 지원 활동 등을 통해 지역 사회와 유학생들의 상생을 도모하고, 사회적 가치를 실현하는 데 도움이 되었으면 한다. 유니잡 프로젝트는 단순한 학업 과제를 넘어, 개인과 팀 모두에게 더 나은 미래를 꿈꾸게 만든 소중한 시간이었다.

◆ 더 챌린지 프로젝트: 도전 그 자체

일 년 전, 나는 '우리가 함께한 이 시간들을 어떻게 기록으로 남길 수 있을까?'를 고민하며 더 챌린지 프로젝트(The Challenge Project)를 기획했다. 전남대학교 MBA에서 훌륭한 교수님들과 원우들을 만나며 단순한 학문적 성취를 넘어서 삶의 의미를 함께 찾아가는 과정이 스쳐 지나가기엔 아쉬웠다. 많은 원우들이 MBA를 다니며 각자의 자리에서 새로운 도전에 나서며 성장했고 배움을 통해 서로에게 긍정적인 영향을 주고받았다. 이 귀중한 시간을 단순한 기억으로 남기기보다는 우리의 고민과 성장을 하나의 기록으로 만들어 더 큰 의미를 남기고 싶었다. 이런 생각으로 프로젝트를 기획했고 뜻을 함께할 팀원들을 한 명씩 모았다.

우리는 Kickoff Meeting을 통해 프로젝트의 방향과 목표를 설정했다. 그때 내가 준비한 기획안을 발표했는데, 팀원들이 흥미롭게 들으며 좋다고 공감하고 동의해 주어서 한마음으로 도전의 여정이 시작되었다. 진행 중에 바쁜 일정 속에서 글을 쓰는 부담을 느끼며 중도 포기를 고민하는 원우들도 있었고 의견이 엇갈리는 순간도 있었다. 그럼에도 서로를 격려하며 끝까지 완성하겠다는 의지를 다졌고, 피드백을 주고받으며 원고를 다듬어 갔다. 무엇보다 중요한 점은 이 프로젝트가 단순한 책 한 권을 만드는 작업이 아니라 MBA에서 배운 협업과 성장의 실천이었다는 것이다. 다양한 의견을 조율하고, 서로의 생각을 존중하며 논의를 거쳐 방향을 결정하는 과정 자체가 또 하나의 도전이자 배움이었다.

마침내 수개월간의 노력 끝에 함께 만들어 낸 이 기록이 세상에 선보

일 준비를 마쳐 가고 있다. 시간이 지나도 이 소중한 추억이 책으로 남아 오랫동안 기억되기를 바란다. 이 프로젝트가 하나의 마침표가 아니라 더 큰 도전을 향한 출발점이 되기를 희망하며, MBA뿐만 아니라 새로운 도전을 고민하는 이들에게도 한 걸음 내디딜 용기를 전할 수 있기를 기대한다.

이 프로젝트가 성공적으로 완수될 수 있었던 것은 무엇보다도 함께해 준 소중한 팀원들 덕분이다. 김은경, 이승미, 송미정, 기남균, 최지성, 박지현, 송휘진, 고유현, 김가경 아홉 명의 원우들이 각자의 자리에서 맡은 역할을 충실히 수행하며 열정과 노력을 아끼지 않았기에 가능했다. 서로를 믿고 응원하며 함께 만들어 낸 이 결과물은 더욱 값지고 의미 있게 다가온다. 진심으로 고맙다. 특히, 지성이는 프로젝트를 함께 리딩하며 자주 의견 교환을 나누고, 출판사도 함께 다니며 큰 힘이 되어 주었다. 그의 헌신적인 노력과 적극적인 참여에 특별한 고마움을 전한다.

또한, 기획 초기부터 든든한 지지와 격려를 보내 주신 한병섭 원장님, 최용득 부원장님, 박현재 교수님, 임은영 MBA 디렉터님, 그리고 행정실의 박유리 선생님께도 깊은 감사를 전한다. 보이지 않는 곳에서 아낌없이 지원해 주신 덕분에 우리는 끝까지 나아갈 수 있었다.

단순히 한 권의 책을 만드는 일이 아니라, 함께 도전하고 성장한 과정 자체가 큰 의미를 가진다. 지속적인 응원과 따뜻한 격려를 보내 주신 모든 분들께 존경과 감사의 마음을 전하며, 이 소중한 경험이 앞으로도 우리에게 또 다른 도전의 원동력이 되기를 바란다.

◆ 꽃은 피는 시기가 다 다르다: 도전으로 그리는 미래

이제 40대 중반을 지나고 있는 나는 아직 내 인생의 꽃이 완전히 피어나지 않았음을 안다. 그 시기를 기다리며 부족함을 채우고, 배움을 이어 가며 나만의 꽃을 피울 준비를 하고 있다. 내가 어떤 삶을 살게 될지 알 수 없지만 배움과 공부, 끊임없는 도전을 통해 변화에 적응하며 앞으로 나아가고자 한다. 나는 변화와 도전이 언제나 옳다고 믿는다. 해 보지 않으면 내가 무엇을 할 수 있는지 알 수 없기에 계속해서 새로운 길에 도전하고 성장할 것이다.

영어 공부에 더 집중하여 해외 근무를 하는 기회를 만들고, 외국 유학생들의 취업이나 한국에서의 정착을 도울 수 있는 봉사 활동도 꾸준히 이어 가고 싶다. 직장에서 얻은 경험과 MBA 과정에서 배운 지식을 바탕으로 동료들과 함께 성장할 기회를 만들고 고민이나 어려움을 겪고 있는 이들에게 도움이 되는 방법을 찾고자 한다. 직장에서의 성장 또한 중요한 여정이며 이를 통해 나뿐만 아니라 다른 사람들에게도 긍정적인 영향을 미칠 수 있기를 바란다.

이제는 내가 받은 응원을 조금씩 돌려주고 싶다. MBA 과정에서 쌓은 배움과 경험을 바탕으로 앞으로도 지속적으로 도전하며, 더 깊이 있는 통찰과 전문성을 갖춘 컨설턴트로 성장하고 싶다. 개인에서 더 나아가 기업이 직면한 문제를 함께 해결하고, 힘들어하거나 고민하는 이들이 새로운 가능성을 찾을 수 있도록 돕고 싶다. 단순한 해결책을 넘어 인생의 방향을 제시하는 솔루션을 제공하는 컨설턴트가 되고자 한다.

이 모든 여정을 함께해 준 사람들에게 깊은 감사의 마음을 전하고 싶다. 전남대학교 MBA를 통해 만난 훌륭한 교수님들, 선배들, 동기들, 후배들, 그리고 나를 응원해 준 회사 선배님들과 동료들은 내게 큰 힘이 되었고 앞으로도 그 고마움을 가슴에 품고 살아갈 것이다. 무엇보다 늘 믿고 응원해 주는 사랑하는 아내와 두 아들, 성관과 승준에게 정말 고맙다는 말을 전한다.

지금의 배움이 언젠가 더 많은 이들에게 실질적인 도움이 되기를 바라며, 앞으로도 끊임없이 배우고 도전하며 성장하고자 한다. 꽃이 피는 시기는 저마다 다르다. 끝까지 포기하지 않는다면 누구나 자기만의 꽃을 피울 수 있을 것이다.

박현재 교수님, Global 친구들과 함께한 캠퍼스 벚꽃 피크닉

Global 친구들과의 소중한 추억들

도전으로 그리는 미래

즐거웠던 추억

반딧불이 모여 별이 된 밤, 캠퍼스 별밤 파티

PPT 과제 발표

긍정에너지 Sunil과 함께

영광스러웠던 송년회, 재학생 대표 감사 인사

아들과 함께한 공부시간

MBA, 함께 성장한 소중한 동기들

MBA 산타가 된 Jason

02

CHAPTER

MBA 최대수혜자는
바로 나

송휘진 |

THE CHALLENGE

"Carpe diem"
눈앞의 기회를 놓치지 말라, 현재를 즐겨라

드라마나 소설 속 주인공처럼 내 이야기를 풀어 보는 것도 나쁘지 않을 것 같다. 내 삶은 여러 문화와 언어가 얽힌 이야기이다. 어린 시절부터 집이라는 개념이 하나의 장소로 고정되지 않았던 내게, 인생은 끝없는 선택과 도전의 연속이었다. 첫 유학의 시작은 13살이었다. 부모님은 당시 중국이라는 나라가 무궁무진한 가능성을 가진 성장 국가라 판단하셨고, 나는 자연스럽게 그 가능성 속으로 뛰어들게 되었다. 초등학교 6학년, 어린 마음으로 떠난 중국에서 나는 처음으로 세상에 대한 호기심과 두려움을 동시에 느꼈다. 새로운 언어, 새로운 사람들, 그리고 전혀 다른 문화 속에서 나는 말 그대로 낯선 세상을 마주하게 되었다.

중국에서의 삶은 순탄치 않았다. 외국인의 신분으로 적응해야 할 많은 것들이 있었고, 그중 언어는 가장 큰 장애물이었다. 하지만 내가 갖춘 유일한 무기는 호기심이었다. 언어를 배우고 문화를 이해하려는 노력은 곧 생활의 일부가 되었고, 중학교 과정을 마칠 때쯤에는 중국어로 생활에 어려움이 없을 정도의 수준으로 성장해 있었다. 그러나 중국의 공산주의 체제 속에서는 고등학교 진학이 쉽지 않았다. 부모님과 상의 끝에 호주로의 유학을 결정하게 되었고, 나는 또 다른 여정을 시작하게 되었다.

호주, 퍼스. 낯선 대륙, 낯선 언어. 이제는 영어라는 또 다른 언어와 씨름해야 했다. 중국에서의 경험이 있었지만, 호주는 또 다른 도전이었다. 한국적 사고방식과는 전혀 다른 자유로운 분위기 속에서 나는 새롭게 적응해야 했다. 고등학교 시절은 도전의 연속이었다. 내가 누구인지,

무엇을 해야 할지 끊임없이 고민하며 보내던 시절이었다. 고등학교 졸업을 앞두고, 또 한 번 선택의 기로에 서게 되었다. 한국으로 돌아가 대학을 다닐지, 호주에서 계속 남아 있을지 결정해야 했다. 이미 여러 문화를 경험한 나는 한국에서의 삶에 자신이 없었다. 익숙함보다는 도전을 택했고, 부모님과 논의 끝에 호주에 머물며 새로운 길을 개척하기로 결심했다.

호주에서 정착하기 위해서는 영주권이 필요했고, 나는 간호학이라는 전공을 선택하게 되었다. 간호학은 단순히 직업적인 선택이 아니라 나에게 책임감과 성취감을 동시에 안겨 준 학문이었다. 하지만 유학 생활이 늘 장밋빛만은 아니었다. '유학생'이라는 단어 뒤에 숨겨진 현실은 고달팠다. 병원비가 아까워 쓰러질 때까지 참았던 날들, 하루에 몇 시간밖에 못 자며 아르바이트를 전전하던 날들, 할인된 제품을 사서 끼니를 때우며 버티던 날들이 있었다. 남들이 여행을 가고 맛있는 음식을 즐길 때, 나는 버스를 타고 학교와 아르바이트를 오가는 평범하고도 치열한 일상을 살았다. 그런데도 묘하게 불행하다는 생각이 들지 않았다. 모든 과정이 내가 풀어야 할 숙제라고 생각했고, 나는 그 숙제를 하나씩 해결해 나갔다.

대학교를 졸업하고 간호사로 일하기 시작했을 때, 나는 또 다른 전환점을 맞이하게 된다. 호주의 monthly-off 제도를 활용해 오랜만에 한국으로 장기 휴식을 떠난 것이었다. 2020년 2월, 나는 새로운 계획과 기대를 안고 한국행 비행기에 올랐다. 하지만 도착한 지 얼마 되지 않아 코로나19 사태가 터졌고, 호주가 한국 여권 소지자들의 입국을 금지한다는 소식이 전해졌다. 예상치 못한 상황 속에서 나는 한동안 한국에 머물러야 했다. 손 놓고 아무것도 하지 않을 수 없었던 나는, 당시 해외 영업 확장을 꿈꾸던 의약품 유통회사에 입사하게 되었다. 그곳에서 나는 새로운 분야에 발을 들여놓으며 한국에서의 첫 사회생활을 시작했다.

◆ [Part 1] 급여의 가치 올리기 프로젝트

내가 근무했던 회사는 의약품을 제약사와 협력해 병원에 유통하는 도매상이었다. 그곳에서의 첫 직무는 해외 영업과 마케팅. 솔직히 말하면 간호학을 전공한 나는 마케팅이나 영업이라는 개념에 대해 전혀 몰랐다. 그러나 대표님은 내 언어 능력과 간호사 면허를 높이 평가하며 지방 중소기업임에 불구하고 꽤 높은 급여를 책정해 주셨다. 그 급여는 호주 간호사로 일할 때보다 적었지만, 새로운 직무에 대한 도전의 기회를 제공받았다는 점에서 감사했다. 나는 나의 급여에 가치를 더하기로 결심했다. 단순히 회사의 직원이 아닌, 회사에 실질적인 가치를 더할 수 있는 사람이 되기로 말이다.

입사 초창기에는 코로나19 붐 시기라 해외 영업과 마케팅에 집중했지만, 코로나19가 점차 잠잠해질수록 해외 업무가 급격히 줄어드는 상황을 맞이했다. 회사 내에서 갑작스레 생긴 공백은 나에게 새로운 기회를 의미했다. 나는 아무도 시키지 않았지만, 회사의 여러 문제점을 스스로 찾아내 개선하고자 자발적으로 다양한 업무(관공서 영업, 경영관리, 인사관리 등)를 맡게 되었다. 당시 회사는 관리부와 영업부로만 나뉜 단순한 구조였고, 체계적인 교육이 없었다. 결국 모든 것을 스스로 배우고 해결해야 했다. 대표님의 리더십은 방임형(Laissez-Faire)이었고, 나는 자율성을 최대한 활용해 여러 프로젝트를 기획하고 실행해 나갔다.

가장 기억에 남는 순간은 대표님께 기획안을 제출했을 때다. 항상 돌아오는 답변은 간결했다.

"송대리, 하고 싶은 대로 해 봐."

그 말은 내게 큰 동기가 되었다. 아무도 시키지 않은 일을 자진해서 해 나가며, 회사의 브랜딩 전략을 기획하고 글로벌 시장 분석을 진행했다. 때로는 마케팅 예산을 짜고, 새로운 협력 기회를 발굴하기 위해 밤늦게까지 자료를 조사했다. 내 노력이 회사의 성장으로 이어지는 모습을 보며, 나는 점점 더 몰입하게 되었다. 시간이 지나면서 업무에 익숙해지고 회사 내에서 나름의 입지를 다졌지만, 여전히 나 자신에게 부족함을 느꼈다. 더 체계적인 지식을 배우고 싶었고, 이는 곧 MBA 진학으로 이어졌다.

MBA 과정은 나에게 또 다른 도전이었다. 직장 생활과 학업을 병행하며 내가 맡은 업무에 대한 이론적 기반을 다질 수 있었다. 이론과 실무를 연결하며 나는 점점 더 확신을 갖게 되었다. 내가 하는 일이 단순히 회사의 목표를 달성하는 데 그치지 않고, 내가 속한 조직과 함께 성장하는 길을 만들어 간다는 사실을 깨달았다. 이 모든 여정은 내가 누구인지, 그리고 내가 무엇을 위해 일하는 사람인지 끊임없이 질문하게 만들었다.

빅데이터를 활용하여 발주 예측 모델 구축

가장 많은 시간을 투자하여 기억에 남는 케이스를 말하자면 바로 빅데이터를 활용한 발주 예측 모델 구축이었다. 회사의 기존 발주 시스템은 수작업으로 이루어져 있었다. 직접 최근 3개월 품목별 발주량을 보고 평균 수량을 주문하는 방식이다. 하지만 의료 시장의 변수가 고려되지 않은 비효율적인 계산법과 많은 시간과 인력이 투입되는 비효율적인 시스템을 자동화하고 싶었다. 그래서 빅데이터 분석 수업에서 배운 러닝 머신 예측 모델은 회사의 발주 프로세스를 혁신적으로 바꾸는 데 활용되었다. 나는 기존의 발주 데이터를 기반으로 수업 시간에 배운 오렌지 툴을 활용하여 예측 모델을 설계하고, 제품별 예상 발주량을 구축했다. 예측된 발주량과 실제 발주량이 95% 맞았을 때의 짜릿함을 잊지 못한다. 그 결과, 회사는 불필요한 재고를 줄이고, 효율적인 자금 운용을 실현할 수 있었다.

- ◆ 활용 데이터: 2010년부터 2023년 총 13년간의 설정으로 제품별 과거 발주량과 특성(시즌성, 가격 변동, 기타 요인)을 활용함.
- ◆ 활용 툴: 오렌지
- ◆ 활용 머신러닝 알고리즘: Linear regression(선형 회귀 모델), Random forest(랜덤 포레스트), Neural Network(신경망 모델)

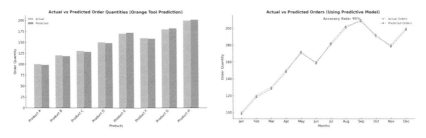

<그림1. 예측모델 데이터와 실제 발주 수량 비교표>

마케팅 이론 기반의 매출 이익 창출

두 번째로 기억에 남는 것은 바로 마케팅 전략 수업에서 배운 내용을 바탕으로, 한 번도 해 보지 않았던 직무를 했던 것이다. 기존 경영관리 업무와 디지털 마케팅(웹사이트, 카카오 채널 구축 등)과 다르게 관공서를 대상으로 한 영업은 처음 도전하는 분야였다. 나는 STP 전략을 활용해 시장을 세분화하고, 각 관공서의 특성과 요구를 분석했다. 세분화(Segmentation) 단계에서는 주요 관공서를 크기, 예산, 위치별로 나누었다. 그 후, 타기팅(Targeting) 단계에서 가장 큰 성장 가능성을 가진 지방 공공기관에 초점을 맞췄다. 마지막으로 포지셔닝(Positioning) 단계에서 회사 제품을 "효율적이고 비용 효과적인 제품"으로 홍보했다. 이 전략을 통해 관공서와의 계약을 성사시키며 매출 증가의 새로운 돌파구를 열었다.

4P 전략을 활용하여 내가 맡은 제품군을 기획하고, 마케팅과 영업에 적용하는 데 큰 역할을 했다. 먼저, 제품(Product) 단계에서 시장 분석을 통해 고가의 수입 제품을 대체할 수 있는 저비용 고품질 대안을 준비

했다. 기존 완제품(full-packing)이 아닌 제품의 부품을 구매하여 내가 타기팅한 공공기관에 맞추어서 준비했다. 직접 공장을 섭외하고 제품 비교하고 하나하나 까다롭게 선정하여 제품을 만들었다. 가격(Price) 측면에서는 경쟁사보다 유리한 가격을 책정할 수밖에 없었다. 중간 업자가 빠지고 가격 측면에서 더 저렴해지고 집적 커스터마이징하기 때문에 고객의 만족도와 고품질 제품임을 강조했다. 유통(Place) 단계에서는 기존 병원 중심의 유통 채널이 메인이었지만 관공서 영업사원을 영입하여 관공서 유통망을 넓혔다. 마지막으로, 촉진(Promotion) 단계에서는 기존 영업 방식과 온라인 마케팅 캠페인을 통해 제품의 장점을 알렸다. 이러한 노력의 결과로 영업이익은 기존 15%에서 30%로 증가했으며, 매출액은 3배 이상 성장하는 쾌거를 이뤘다.

그 외 Cases

가장 처음에 회사에서 맡았던 해외 영업 & 마케팅 직무를 수행할 때, 국제경영 수업은 해외 영업을 확장하는 데 가장 큰 도움이 되었다. 수업에서 배운 글로벌 시장 분석 기법을 적용해, 새로운 해외 파트너를 발굴하고 계약을 체결하는 데 성공했다. 수업 시간에 다양한 이론을 통하여 각 나라별 성향과 방향성을 좀 더 클리어하게 잡을 수 있었다. 또한 자료를 수집하고 객관적인 근거를 내세울 때에도 국제경영 수업에서 배운 이론을 토대로 했더니 국내 시장에만 의존하던 구조에서 벗어나 글로벌 시장으로의 진출 가능성을 열 수 있었다. 아마 이 수업을 가장 처음에 듣지 않고 해외 영업 & 마케팅 직무를 했더라면 막막하고 또 잘할 수 있었을까 하는 생각이 든다.

또한 리더십 이론을 접촉시킨 인사관리에도 큰 변화를 가져왔다. 처음엔 대리였지만 빠른 속도로 승진하게 되어, 부끄럽지만 높은 직급을 달 수 있었다. 다른 직원들의 업무 만족도를 높이기 위해 새로운 평가 시스템을 도입하고, 팀 내 의사소통을 원활하게 할 수 있는 환경을 구축했다. 기억에 남는 것이 있다면 그건 바로 리더십 수업에서 과제로 나왔던 '나는 어떤 리더인가?'이다. 과제를 통하여 객관적인 나의 리더 성향을 이해하고 파악할 수 있었다. 내가 생각하는 나의 리더십과 팀원이 바라보는 나의 리더십의 차이를 이론 기반의 설문지를 통하여 두 눈으로 확인했을 때, 사람이 생각하는데 이렇게 다르다는 것을 알 수 있었고 팀원들끼리 원활하게 소통하는 리더로도 조금은 성장할 기회였던 것 같다.

마지막으로 회계와 경영 과목에서 배운 지식은 회사의 재무 안정성을 높이는 데 기여했다. 장부 관리를 체계화하고, 예산을 효율적으로 운용함으로써 회사의 수익성을 강화했다. 또한, 경영 관리 측면에서는 회사의 중장기 전략을 수립하고, 이를 실행하기 위한 구체적인 계획을 제시했다. 이러한 노력을 통해 회사는 안정적이면서도 지속 가능한 성장을 이룰 수 있었다.

결국, MBA 과정에서 배운 모든 이론은 나의 실무 경험과 결합하여 실질적인 결과를 만들어 냈다. 나는 단순히 회사의 목표를 달성하는 데 그치지 않고, 조직 내에서 새로운 가치를 창출하는 사람이 되고자 했다. 그 과정에서 나 자신도 성장할 수 있었고, 내가 선택한 길이 결코 헛되지 않았음을 깨달았다.

MBA 과정은 단순히 공부하는 시간만으로 채워지지 않았다. 사실, 공부만 했더라면 이 과정은 그저 평범한 도전으로 끝났을지도 모른다. 하지만 전남대 MBA에서의 시간은 학문적 배움뿐만 아니라, 수많은 행사와 활동, 그리고 사람들 간의 교류로 빛났다. 사회적으로 그리고 문화적으로 폭넓게 성장했던 이 시절은 지금까지도 잊을 수 없는 순간들로 가득하다. 이 섹션에서는 MBA 생활의 다채로운 모습과 그 과정을 통해 어떻게 지금의 내가 만들어졌는지 이야기해 보려 한다.

나는야 22학번 학생회 총무

내 MBTI는 "대문자 E"다. 사람들 간의 에너지 교류에서 즐거움을 찾고, 새로운 사람들과 대화를 나누는 것을 좋아한다. 이 성격 덕분에 22학번 MBA 학생회 총무를 맡는 일이 자연스러웠다. 특히, 글로벌 MBA 학생들과 원활하게 소통할 수 있는 사람이 필요했는데, 다행히 영어를 유창하게 구사할 수 있는 능력이 많은 도움이 되었다.

입학 초기에는 나는 K-MBA에서 활동하기보다는 글로벌 MBA 위주로 활동하였다. 대부분은 글로벌 친구들과 시간을 보냈다. 아마 내 유학 시절을 생각하면서 더 애착이 갔던 거 같다. 첫 학기 때 가장 기억에 남는 행사는 바로 '2022 아사아나백년포럼'이다. 박현재 교수님(전 MBA 원장님)이 글로벌 학생들을 정말 잘 챙겨 주셨고 2022 아시아나백년포럼에도 학생들을 초대해 주셨다. 당시 글로벌 학생들도 포럼 진행에도 참가하고 직접 의견을 제시하는 등 여러 가지 역량을 펼칠 수 있는 값진 경험이었다. 글로벌 친구들도 그리고 나도 만족도가 너무 높았던 행사였기 때문에 당시 찍은 그룹 사진으로 프로필 사진을 저장할 정도로 자부심을 느꼈었다.

MT 모음집.zip

MBA 생활에서 빠질 수 없는 경험이 있다면 바로 MT다. 유학 생활 속에서 MT라는 개념 자체가 낯설었던 내게 전남대 MBA의 MT는 특별한 경험이었다. 첫 MT는 여수에서 진행되었고, 글로벌 MBA와 K-MBA 학생들이 자연스럽게 융화될 수 있도록 커넥션 역할을 맡았다. MT를 통해 원우들 간의 교류가 활발해졌고, 글로벌 학생들도 한국 문화를 경험하며 즐거워하는 모습을 보며 큰 뿌듯함을 느꼈다. 그 여행을 통해 실제로 화수목금 모임(수업을 화수목금만 듣는 K-MBA 학생 모임) 원년 멤버의 초대를 받아 글로벌 친구들도 같이 조인할 수 있었다. 이 모임에서는 글로벌 친구들이 한국 비즈니스 현황, 기업 현황 그리고 한국 문화 등에 많은 경험을 할 수 있었다고 좋은 기회였다고 말했던 것이 가장 기억이 남는다.

두 번째 MT 때(순창군 강천산) 22학번 총무로서 즐겁게 K-MBA와 글로벌 MBA가 같이 어우러졌던 모습이 아직도 생각이 난다. 언어도 나이도 그리고 살아왔던 환경도 다 다르던 우리가 한 팀으로 이루어져 게임도 하고 미션도 하고 즐겁게 서로를 알아 갔던 시간이 생각이 난다. 글로벌 친구들에게만 집중하던 나에게도 K-MBA 분들에게 자연스럽게 나를 알리던 시간이었다.

마지막 MT는 나에게 정말 뜻깊었던 추억 중 하나이다. 22학번부터 24학번까지 총 3개의 학번이 모여서 했던 마지막 나의 MT에 모든 걸 쏟아붓고 싶었다. 게임, 진행, 식사 등 여러 가지를 여러 학번의 총무님들과 회장님과 같이 준비하면서 예전과 또 다른 MBA 색을 느꼈던 것 같다. 이제는 정말 내가 없어도 글로벌 친구들도 자연스럽게 K-MBA 원우님들과 어울리고 지내는 모습을 보니 나름 역할을 다한 거 같아서 내심 뿌듯하고 즐거웠다.

| MBA 꽃: 신흥시장 현장실습

MBA의 꽃 중의 꽃은 바로 신흥시장 현장실습이 아닐까 싶다. 당시 내가 신흥시장 현장실습으로 간 나라는 베트남이었다. 처음에는 단순히 여행과 비슷한 가벼운 일정일 것으로 생각했지만, 현실은 그보다 훨씬 체계적이고 도전적이었다. 매일 아침 9시에 시작되는 현지 대학교의 강의로 하루가 열렸다. 이론 중심의 강의에서는 신흥시장 현장실습의 구조와 소비자 행동 패턴, 그리고 기업의 성공 전략을 배웠다. 오후에는 현지 비즈니스 투어가 이어졌는데, 현지 기업의 생산 라인, 마케팅 활동, 유통 네트워크를 직접 보고 배울 수 있는 귀중한 시간이었다.

하지만 일정이 끝났다고 내 열정이 멈추는 건 아니었다. 저녁 일정 후에도 나는 원우들과 함께 베트남의 밤거리를 탐험하며 현지 문화를 몸소 체험했다. 길거리 음식에서부터 현지에서 가장 인기 있는 바(bar)까지, 베트남 사람들의 삶을 더 깊이 이해하고자 노력했다. 특히, 현지 의

상을 입고 다녔을 때 베트남 사람들이 나를 현지인으로 착각하고 베트남어로 말을 걸었던 순간은 지금도 떠올릴 때마다 미소를 짓게 한다. 이러한 경험은 나에게 신흥시장 현장실습의 의미를 새롭게 정의해 주었다. 신흥시장 현장실습을 통하여 사람들과 소통하고 문화와 연결되며 새로운 기회를 발견하는 귀한 시간이었다.

파티 프로 참석러의 일상

호주 파티 문화 속에서 성장한 나로서 행사, 식사 모임, 모임 등 있다면 무조건 참석하였다. 처음에는 가볍게 글로벌 친구들을 집에 초대해서 밥 먹는 것부터 시작하여 새로운 신입생이 들어오는 오리엔테이션 행사 그리고 전남대 MBA에서 가장 핫(hot)한 송년의 밤까지 기획에 참여하고 파티를 즐기면서 어느 순간 일상이 되어 버린 거 같다.

어느 순간 하루라도 그냥 넘어가기엔 아쉬운 밤이 되어 버린 일상이었고, 함께하기 때문에 더욱더 반짝거렸던 순간들이라고 자부할 수 있다. 항상 글로벌 친구들을 생각하면 예전 유학 시절의 나를 보는 거 같았고 하나라도 더 챙겨 주고 싶었다. 문화, 언어, 외모 등 모든 게 본인과 다른 나라 한국에서 따뜻하고 행복한 추억들을 만들어 주고 싶은 마음이 컸다. 그런 중에 한병섭 원장님(현 MBA 원장님)이 송년의 밤을 진행해 보자고 제안을 해 주셨다. 제안을 들었을 때 머릿속엔 온통 파티라서 솔직히 말하면 수업이나 과제에 집중을 못 했던 날도 있었던 거 같다. 학생들을 위해 여러 가지 행사나 활동을 기획해 주는 원장님, 부원장님, 그리고 행정실 선생님들에게 너무나도 고맙고 잊지 못할 추억을 만들고 싶었다. 부족했지만 나름 직접 와인 세팅하고 케이터링 업체 소개, 그리고 영상들을 준비하면서 너무나도 즐거웠었다. 그저 나는 즐겼을 뿐인데, 학교에서는 봉사상도 주었다. 내가 즐기려고 한 판에 모두 다 즐기고 또 상장도 받았던 그날에 얼굴에 미소가 안 떠났던 거로 기억한다.

모든 동아리 활동에 빠질 수 없다

공식적인 행사나 친한 사람들끼리만 지내면 너무 아쉬울 것 같은 나로서 모임 사랑은 멈추지 않았다. 내가 직접 만든 동아리나 마음 맞는 사람끼리 만든 동아리, 그리고 이미 다른 사람들이 만든 동아리에도 꾸준히 참석하였더니, 2년 동안 내가 정식으로 참여한 모임만 8개가 넘었다. 화수목금 수업을 들었던 화수목금 모임, 22학번 학생회로 모였으나 술로 의리를 쌓아 버린 술친구 모임, 전남대 MBA 여자 원우 모임인 전여우회, 가볍게 산보 걷는 걸로 시작된 백년해로 모임, 자연스럽게 핑크색 옷 입고 장난스럽게 만들어 버린 블핑 모임, 목요일 수업 끝나고 잔디밭에서 즐기는 별밤 모임, 수업만 끝났다 하면 술로 똘똘 뭉쳐 버린 술 MB 모임, 비록 나는 골린이지만 감사하게도 가입이 된 골프 모임, 박사과정을 마음먹고 자연스럽게 지도교수님과 함께하는 제자들 모임, 전남대 MBA 총동창회 모임 등 어느 순간 소속감이 생겨 버려 내 인생에 전남대는 없어서 안 되는 존재가 되어 버린 거 같다.

다양한 직무, 다양한 산업군 그리고 나의 선택

그렇게 여러 모임에 조인하고 즐기다 보니 자연스럽게 여러 직무군과 다양한 산업군의 원우님들을 만나게 되었다. 나는 그 당시 비록 중소기업의 직원이었지만 같이 수업 듣고 모임 활동한 원우님들은 비즈니스 오너, 대기업 혹은 공공기관 팀장급 분들이었기 때문에 당시 회사에 만족하면서도 나도 좀 더 넓은 세상에서 내 능력을 발휘해 보고 싶다는 생각이 자연스럽게 들었다. 그런 와중에 여러 가지 이직의 방향성 조언, 그리고 실제 러브콜까지 있었고 고민과 노력 끝에 실제 큰 기업에 이직 성공도 하였다.

졸업, 그리고 내 삶의 중요한 한 페이지

이직을 성공하고 그곳의 연수원을 나올 그 무렵에 나는 졸업하게 되었다. 좋은 성적을 받은 첫 학기와 다르게 마지막 학기에는 이직 준비와 마지막으로 즐기겠다는 강한 의지로 인하여 최종적으로 살짝 아쉬운 성적을 받았지만 나름 만족한다. 너무나 소중한 인연 그리고 이론에서 실무까지의 경험을 얻었던 이 2년의 과정 속에서 누구에게도 자신 있게 말할 수 있다. 나는 아마 전남대 MBA 역사상 가장 최대 수혜를 받은 사람이 아닐까 생각한다.

전남대 MBA 생활은 단순히 학문적 배움의 장이 아니었다. 사람들 간의 교류를 통해 성장하고, 새로운 도전을 통해 나의 가능성을 확인할 수 있는 시간이었다. 지금의 나를 만들어 준 이 모든 경험은 내 인생의 소중한 한 페이지로 남아 있다. 이 과정을 통해 나는 앞으로도 더 큰 세상을 만들어 가고 싶다는 확신을 갖게 되었다.

신항시장을 100%로 즐기기 위한 자세

시원섭섭했던 졸업식

함께 기획하고 참여했던 송년의 밤

소중한 내 글로벌 친구들과 함께하는 홈 파티

인생 첫 MT는 Global 친구들과 함께

03

CHAPTER

퇴근하고 캠퍼스로 출근합니다

| 송미정

THE CHALLENGE

"앞으로 20년 뒤 당신은 한 일보다 하지 않은 일을
후회하게 될 것이다.
그러니 배를 묶은 밧줄을 풀어라.
안전한 부두를 떠나 항해하라.
무역풍을 타라. 탐험하고, 꿈꾸고, 발견하라."
Mark Twain

"전남대학교 경영전문대학원은 1969년 경영대학원 설립 이후 2007년 경영전문대학원으로 새롭게 출발하여 53년의 역사와 전통을 이어가고 있으며, 유일한 지방 소재 국립 경영 전문대학원으로서 K-MBA, Global MBA, 한국전력 KEPCO E³ MBA, 경영자 과정, 최고경영자 과정을 운영하고 있다. 또한 세계의 우수한 경영대학원들이 보유하고 있는 국제경영교육인증 AACSB 인증을 5년마다 재심사를 통해 현재까지 유지하고 있고, 미국 미주리주립대학교(University of Missouri-St. Louis, UMSL)와 복수 학위 과정(Dual Degree Program)을 운영하고 있어, 이 과정을 통해 학생들은 한국과 미국의 MBA 학위를 동시에 취득할 수 있다는 것 또한 특징이다."

해당 내용은 대학원 진학 결정을 하기 위해 읽어 보았던 전남대 경영전문대학원 홈페이지에 기재된 내용으로 개인적으로는 수업이 평일 야간(7시 30분부터)과 토요일에 수업이 진행되어, 업무와 학업 수행을 병행할 수 있다는 점이 큰 장점이었으며, 또한 전남대 MBA가 제공하는 몇 가지 트랙 중에 Global MBA가 내 눈길을 끌었다.

Global MBA 과정은 한국 학생이 약 20% 정도이며, 인도, 베트남, 싱가포르, 말레이시아, 미국, 호주, 프랑스 등 해외 각국 출신의 외국 학생의 비중이 약 80%에 달하여, 수업 시간에 강의가 영어로 진행이 되며, 외국 학생과 팀 프로젝트도 같이 하면서 해당 국가에 대한 이해도도 높일 수 있는 점이 꽤 매력적이었다.

4학기 2년 동안 졸업 의무 이수학점은 총 45학점으로 한 학기당 통상 12학점에서 15학점, 즉 3학점 기준 4개에서 5개의 수업을 신청한다. 나의 첫 학기 신청 학점은 11학점으로 오프라인 3개 과목과 온라인 1개 과목이며, 전자상거래 관리, 빅데이터 수집분석, 글로벌경영론과 회계원리 수강으로 첫 학기를 시작하였다.

◆ 엄마와 딸, 함께한 학업의 시간

보통 한 주에 2회 정도 수강했던 평일 야간수업을 마치고 집에 오면 밤 11시 정도가 되었고, 고 2 아이가 야간 자율학습 또는 학원을 마친 후 귀가 시간과 비슷해서, 같이 앉아 서로 하루 동안 있었던 소소한 얘기도 잠깐하고, 학교에 제출해야 되는 선택과목 및 진로에 대한 얘기를 진지하게 나누기도 했다. 마침 MBA 수업 과목이었던 '기업가 정신과 윤리' 과목이 아이가 학교에서 배우던 '윤리와 사상'과도 내용이 일부 겹치다 보니, 시험을 앞두고 아이가 요약 정리한 내용도 듣고, 특히 칸트의 선의지와 존 롤스, 싱어, 노직의 해외 원조에 대한 입장 차이에 대해 PPT를 작성하는 아이 옆에서 미주알고주알 읊기도 하였다.

MBA 진학을 결정했을 때 주요 고려 사항 중 하나도 아이의 중요한 시기에 어떻게 시간을 배분해야 할지였다. MBTI가 J로 끝나다 보니, 계획을 바탕으로 시간, 일정 등을 잘 배정하여, 매끄럽게 진행하고 싶었다. 지난해는 MBA 3학기째이자 아이가 고 3이 되는 해였다. '일하는 엄마'로 아이가 고등학교 입학할 즈음부터 고민했던 일이 대학 지원 시점에 진학 희망하는 학교, 과에 대해 아이가 부모의 의견을 물어볼 때 시간에 쫓겨서 의견을 나누고 싶지 않았고, 최선의 결과를 낼 수 있도록 조언을 하고 싶다는 마음이 컸다. 입시제도에 대해 꾸준히 살펴보았고, 아이의 희망 전공, 과를 바탕으로 고 3 되던 해에는 그해 입시요강 및 지난해 입시 결과를 보면서 틈틈이 아이와 함께 고민하였다.

한편 입시 전략을 정밀하게 세워도 적중하기도 힘들고, 현실은 성적 기반으로 지원할 수 있는 학교 범위가 아주 많이 변화하는 것도 아니라는 것이다. 그럼에도 불구하고 엄마의 마음은 자녀의 행복을 기원하며, 백만 스물한 번을 고민하고 행복회로를 돌리며, 수시 지원에 과몰입하게 되는 게 아닌가 싶다.

이 기간 소중했던 것은 딸과의 공감대 형성이었던 것 같다. 딸이 시험과 각종 수행평가로 잠을 푹 못 자고 스트레스를 받을 때, 나도 같이 대학원에 제출할 리포트와 발표 자료를 작성하고, 시험공부를 했던 것이 말로 격려하는 것보다 더욱 적극적인 격려가 아니었을까 싶다. 같이 수험 생활을 하는 것과 같았다고 하면 너무 과한 표현이겠지만, 딸이 학업으로 힘든 시기에 엄마가 대학원을 다닌 것이 공감할 수 있는 토대가 되었다고 생각한다. 또한 MBA 덕분에 딸의 대학 진학에 너무 매몰되지 않게 균형이 잡혔다고 생각한다.

1. 기업가 정신과 윤리: 기업과 개인의 가치관

요즘의 기업은 단순히 이윤 창출을 목표로 하는 것이 아니라, 사회적 책임을 수행하고 공정한 경쟁을 통해 지속 가능한 성장을 추구하고자 한다. 최근 ESG(환경·사회·거버넌스) 경영이 강조되면서 기업의 윤리적 책임과 지속 가능성에 대한 관심이 높아지고 있다. 많은 글로벌 기업들이 각자의 여건에 맞춰 사회적 가치를 실현하는 경영 전략을 적극적으로 추진하고 있다.

MBA 수업 중 '기업가정신과 윤리' 수업에서는 기업의 가치관에 대해서도 생각해 보는 것뿐만이 아니라 실제 업무 과정에서 조직의 구성원들이 마주하는 윤리적 갈등 속에서 어떻게 올바른 방향을 선택할 것인가에 대한 시사점을 제시해 주었으며, 이를 통해 급변하는 대내외 환경 속에서 조직과 개인이 지켜야 할 가치에 대해 다시금 생각해 볼 기회를 가질 수 있었다.

기업이 나아가야 할 가장 이상적인 방향은 구성원 개개인의 성장을 바탕으로 궁극적으로 기업의 성장을 이루는 것이 아닐까? 이를 위해 기업은 각 구성원이 기업의 목표 속에서 자신의 가치를 발견하고 성장할 수 있도록 명확한 방향성과 성장 기회를 제공하고, 그에 맞는 보상을 통해 동기부여가 필요할 것이다. 또한, 조직의 비전과 개인의 목표가 조화를 이루도록 지원하고, 이를 실현할 수 있는 환경을 조성하는 것이 중요하다. 물론 이러한 문화를 만들어 가는 것이 쉬운 것은 아니지만, 구성원 개인과 조직이 함께 성장하기 위해 노력할 때 기업은 경쟁력을 갖추게되고, 기업의 지속 가능성도 한층 더 강화될 것이다.

2. 빅데이터와 사회적 혁신: 기술과 가치를 연결하다

요즘은 데이터 과잉의 시대라고 해도 과언이 아니다. Chat GPT, Gemini, Copilot 등 똑똑한 생성형 AI를 통해 많은 데이터 홍수에서 올바른 질문을 통해 유의미한 인사이트를 얻는 것이 중요한 시대가 되었다.

또한 현대 경영의 핵심은 데이터를 통해 시장의 흐름을 읽고, 이를 기반으로 전략을 수립하고 올바른 의사 결정을 하는 것이라 할 수 있다. 특히 빅데이터 분석은 소비자의 행동, 사회적 트렌드, 그리고 미래 시장의 요구를 이해하는 데 있어 필수적인 기술이라고 생각한다. MBA 과정 중 '빅데이터와 사회적 혁신'이라는 수업에서 빅데이터 분석을 통해 사회적으로 혁신을 할 수 있는 사례를 발굴하는 팀 프로젝트가 기억에 남는다. 코딩이 필요 없는 오렌지(Orange)라는 프로그램을 통해 데이터 분석을 손쉽게 할 수 있었고, 각 조별로 일상생활에서 찾을 수 있거나 업무와 관련하여 빅데이터 분석을 통해 개선할 수 있는 주제를 발굴, 데이터 기반 분석을 하고 유의미한 결과를 도출하는 과정이었다. 우리 팀은 팀원들의 의견을 바탕으로 내가 하고 있는 업무와 연계하여, 'K-Food의 수출 다변화를 위한 유망 전략 국가를 선정하는 것'을 주제로 정하였다. 수출 다변화 유망 국가를 선정하는 데 있어서 데이터 분석을 통해 효과적으로 수출 유망국을 도출할 수 있을 것으로 기대하였고, 유망 국가 선정에 영향을 줄 것으로 예상되는 국가별 인구, GDP, 한류 지수, FTA 체결 여부, 물류 성과 지수(LPI) 등 변수를 모으고, 분석하였다. 아무래도 예산과 인력, 시간을 투입하는 업무에 있어 계량적 그리고 내 외부 전문가를 통해 비계량적 부분까지 고려하여 종합적인 분석을 하고 있지만, 빅데이터 분석을 통해 좀 더 유의미하고, 많은 데이터 값을 기반으로 더 촘촘하게 변수를 반영하여 수출 유망 국가를 도출했다. 이미 기존에 나온 결괏값과 어느 정도 유사하기는 했지만, 다시 한번 데이터 분석으로 재확인했다는 의미와 어느 변수가 제일 유의미하고 영향력이 높은지 확인이 가능하며, 유망 국가 도출 이후에 추가적으로 품목별 유망 국가 도출도 가능하고, 후속 마케팅과도 연계할 수 있다는 점도 의미가 있었다.

3. 나의 리더십 스타일: 관리자에서 리더로

가장 존경하는 리더, 시대가 요구하는 리더. 존경하는 리더가 누구였지? 지금 시대가 요구하는 리더는? 리더십 첫 수업에 교수님이 하셨던 질문이었다. 리더십 수업은 평소 막연하게 가졌던 리더상에 대해 재점검해 볼 수 있는 기회였다.

Leadership is a process whereby an individual influences a group of individuals to achieve a common goal. 리더십의 정의는 공동의 목표 달성을 위해 구성원들에게 영향력을 미치는 과정이라고 하였으며, 과거에는 리더는 타고나는 것이라고 생각하였으나, 현대에는 리더는 교육을 통하여 길러질 수 있다고 본다. 또한 과거에 리더십이란 통상 조직 내 부여된 직책을 바탕으로 리더십이 발휘된다고 여겨졌지만, 근래에는 직책과 상관없이 조직원에 대해 영향력이 있는 리더를 진정한 리더라고 인식한다고 한다. 즉, 관리자 직책을 부여를 받았다고 자동적으로 리더십이 발휘되는 것은 아니라는 것이다.

오늘날의 조직에서는 단순한 지시와 통제가 아닌, 개개인이 주도적으로 문제를 해결하고 성장하는 셀프 리더십(Self-Leadership)이 필수적인 시대정신으로 자리 잡고 있다. 진정한 리더십은 리더 한 명에게만 국한되는 것이 아니라 조직 구성원 개개인이 셀프 리더십을 발휘할 수 있도록 환경을 조성하는 데 있다고 생각한다. 직원들이 스스로 동기를 부여받고 역량을 발휘할 수 있도록 권한을 위임하는 임파워링 리더십을 강화할 필요성을 느끼며, 동시에 윤리적 리더십을 바탕으로 조직 내 신뢰를 구축하고, 직원들이 자율성을 갖고 성장할 수 있도록 지원하는 것이 중요한 것 같다.

과거와 달리 현대의 조직에서는 리더 한 명의 힘만으로 성과를 내기 어려우며, 셀프 리더십을 가진 개개인이 모여야 비로소 강한 조직이 만들어진다고 생각한다. 따라서 나 역시 관리자 역할을 넘어 직원들에게 스스로의 리더가 될 수 있도록 동기를 부여하고, 그들의 성장을 돕는 촉진자로서 역할에 더욱 신경을 쓰고자 한다.

4. 소비자 행동: 데이터를 넘어 감정을 이해하다

마케팅은 단순히 제품을 판매하는 것이 아니라, 소비자의 욕구를 이해하고 이에 맞는 경험을 제공하는 기술이다. 과거에는 기업이 소비자의 니즈(needs)를 발견(finding)하고 이에 맞춰 제품을 개발하는 방식이 일반적이었다. 그러나 현대 마케팅에서는 단순히 소비자의 요구를 충족시키는 것을 넘어, 트렌드를 읽고(Tracking), 소비자의 숨겨진 욕구를 캐치하며, 나아가 새로운 수요를 창출하고 있다. 이제 기업은 한 발짝 더 앞서서, 급격한 기술 발전 속에서 소비자가 원하는 것을 미리 예측하고 먼저 제안하는 시대이다.

'소비자 행동 수업'은 이러한 변화 속에서 기업이 소비자의 심리를 어떻게 분석하고 활용해야 되는지에 대해 생각해 볼 수 있는 기회였다. 소비자의 니즈는 점점 더 다양해지고 있으며 고객군 역시 세분화되고 있다. 동시에 광고와 마케팅 채널은 과거처럼 한두 개가 아닌, 소셜미디어, 인플루언서 마케팅, AI 기반 추천 시스템, 메타버스 등 수많은 플랫폼으로 확장되었다. 이는 곧 소비자의 마음을 사로잡는 것이 과거보다 훨씬 더 복잡하고 어려운 과제가 되었음을 의미한다.

예를 들어, 넷플릭스는 단순히 이용자의 취향을 반영하는 것이 아니라, AI 알고리즘을 활용해 소비자가 아직 보지 않았지만 좋아할 만한 콘텐츠를 먼저 추천하는 것이 보편적이다. 또, 애플은 고객이 원하기 전에 혁신적인 기술을 탑재한 신제품을 출시하며, 소비자에게 새로운 기준을 제시하는 방식으로 시장을 선도한다. 최근 MZ 세대를 중심으로 확산되는 '가치 소비' 트렌드 역시 기업이 놓쳐서는 안 될 부분일 것이다. 친환경 제품, 윤리적 소비를 중요하게 여기는 소비자들이 증가함에 따라, 기업들은 단순한 기능성 제품이 아닌 '브랜드 철학'까지 전달해야 고객의 선택을 받을 수 있다.

결국, 현대의 마케팅은 소비자의 니즈를 '찾는(Finding)' 방식에서, 소비자 행동의 빅데이터를 기반으로 '예측하고(Tracking), 선제적으로 제안하는' 방식으로 진화하고 있다. 단순히 과거 데이터를 분석하는 것을 넘어, 실시간 데이터와 AI 기술을 활용해 소비자의 행동을 예측하고, 개인화된 경험을 제공하는 것이 핵심이 되고 있다.

현재 담당하고 있는 K-Food 수출 마케팅에서도, K-Food가 글로벌 시장에서 지속적으로 성장하기 위해서는 단순히 현지 시장에 적응하는 것을 넘어, 현지 트렌드를 선도하는 전략이 필수적이다.

향후 K-Food의 지속가능한 성장을 위해서 제품의 기능적 가치뿐만 아니라 감성적·경험적 요소를 더욱 강화하는 것이 중요하다. 한국의 문화와 라이프 스타일을 함께 전달하는 스토리텔링 마케팅, K-콘텐츠와 연계한 브랜드 경험 제공, 소비자 참여형 행사 등을 통해 K-Food가 하나의 주요한 '경험'으로 자리 잡을 수 있도록 해야 할 것이다.

이러한 점을 업무에 반영하여, 빅데이터 기반의 소비자 인사이트를 활용한 전략적 접근을 통해, K-Food가 글로벌 시장에서 더욱 강한 브랜드로 자리 잡을 수 있도록 다각적인 방향을 모색해 보고자 한다.

◆ K-Food 해외로 수출하다

학부에서 역사교육 전공, 영어교육을 부전공했고, 미국으로 1년간 교환 학생을 다녀온 이후 우리나라를 해외에 알리는 데 기여하고 싶다는 생각을 하게 되었다.

현재 한국 식품, K-Food의 해외 수출을 지원하는 업무를 담당하고 있다 보니, 대학 시절 희망 사항이 실제로 이뤄진 것이라고 볼 수 있다.

입사 이래 국제식품전시회 개최, 구미, 아태지역 수출 마케팅 업무 등을 담당하였고, 싱가포르, 태국 지사에서 총 6년을 근무하였다.

싱가포르는 중계무역이 발달한 무역과 금융이 발달한 도시 국가로 식품의 수입 의존도는 90% 수준으로 식품 수입 시 무관세로 K-Food의 마켓 테스트에 최적화된 국가다 보니, 신선 단감, 포도, 딸기 수출 규모도 키울 수 있었고, 신선 계란 초도 수출에도 일조를 할 수 있었다.

태국에서 근무하는 동안 홍보마케팅에 집중한 품목 중 하나는 딸기였다. 태국은 한국인이 좋아하는 관광 국가 중 하나이기도 하지만, 한국을 방문하는 10위 국가로 인상 깊었던 장면은 태국 관광객이 한국에서 구매한 딸기를 스티로폼 박스 단위로 포장해서 귀국 시 가져가는 장면으로, 공항에 한국 딸기 박스가 스쳐 지나가는 순간 달콤한 향이 진하게 퍼졌던 기억이 있다.

현지 바이어-수출상담회, 대형 유통업체 연계 시식 행사, 딸기 인플루언서 연계 홍보, 유명 LCC 항공사 연계 광고 등 다각적인 홍보 활동을 통해 딸기 수출 확대를 지원한 바 있다. 현재는 본사에서 식품 수출기업의 신시장 개척과 해외 물류 지원 업무를 담당하고 있다.

K-Pop, K-드라마, K-뷰티 등 한류 열풍과 함께 한국의 문화 콘텐츠가 전 세계적으로 큰 인기를 끌고 있고, 이제는 K-Food가 글로벌 식품 시장에서 경쟁력을 확보하며 새로운 한류의 중심으로 떠오르고 있다. 과거에는 김치, 불고기, 비빔밥과 같은 전통적인 한식이 K-Food로 대표되었다면, 최근에는 신선 배, 딸기, 단감 등 과일, 과채류 및 라면, 과자류, 음료 등도 해외에서 잘 팔리고 있고, 한식 기반의 간편식, 비건 및 할랄 식품 등까지로 확장되며, 새로운 시장을 개척하고 있다. 최근

K-Food의 글로벌 진출 확대는 단기적인 수출 증가를 넘어 지속 가능한 수출로 이어질 수 있는 중요한 기회라고 생각되며, K-Food 수출 성장세가 이어져 세계 각국의 소비자가 지속적으로 찾는 매력적인 K-Food로 자리매김할 수 있도록 더욱 노력하고자 한다.

◆ 감사함

지난 MBA 과정과 함께한 2년간의 시간을 되돌아볼 수 있어 뜻깊었다. 지난 4학기 동안 열정을 다해 강의해 주신 교수님들과 함께 배움을 나눈 원우님들께 감사드린다. 특히, 수업마다 가고 오는 라이딩을 함께한 동료들, 여러 팀 프로젝트를 함께한 Jia, 베트남 현장실습까지 함께한 Darshana, 유현 그리고 이 책이 나오기까지 모임을 만들고 진행해 주신 구 리더님과 멤버분들께도 감사의 마음을 전하고 싶다. 마지막으로 MBA 진학을 적극 응원해 준 남편과 수현이에게 다시 한번 깊은 감사를 전하며, 다음에 다가올 챌린지도 기대해 본다.

◆ (참고) 수강 과목: 4학기 48학점 ◆

교과목	학점	교과목	학점
<2023년 1학기>		**< 2024년 1학기>**	
전자상거래 관리	3	경영컨설팅	3
회계원리	1.5	마케팅 관리	3
빅데이터 수집분석	3	리더십	3
글로벌경영론	3	비즈니스 조사분석	3
		캡스톤 프로젝트 1	3

<2023년 2학기>		<2024년 2학기>	
신흥시장 현장실습	3	소비자행동	3
기업가정신과 윤리	3	캡스톤 프로젝트 2	3
비즈니스의 이해	1.5	빅데이터와 사회적 혁신	3
투자론	3		
비즈니스 커뮤니케이션	3		

E-Commerce Management
"싱가포르, 인도, 베트남, 한국 – 온라인 쇼핑 어디서?"

빅데이터와 사회적 혁신
"K-Food 수출 어디로?"

우리는 One Team

반가워요, 가을 나들이

봄나들이

비즈니스 커뮤니케이션
"나마스테, 봉주르"

베트남 현장실습 – VIETNAM INNOVATION, CHALLENGE!

졸업 2025, 감사함

04
CHAPTER

MBA, 미래를 이끄는
전략적 리더의 길

최지성

THE CHALLENGE

Just do it !

필자는 2025년 기준 12년 차 직장인으로 국내 상위 브랜드 ETC 영업부 중간관리자로 종사하고 있다. MBA에 지원할 때만 해도 ETC MR(Medical Representative)로 활동 중인 사원이었다. 나중에 관리자가 되었을 때 스스로 학문적, 전문적으로 준비된 관리자가 되고 싶었기 때문에 경영전문대학원 진학을 고민하게 되었고, 전남대 MBA에 관심을 갖게 되었다.

MBA 석사과정. 무엇인가 이끌림이 있었다. 단순히 영어 학원을 다닌다든지, 자격증을 취득하는 것보다 더 큰 성취감을 느낄 수 있을 것 같다는 생각이 들었다. 학업과 직장 생활을 병행해야 하는 상황이기 때문에 일반대학원을 고민하기에는 논문이라는 큰 벽이 느껴졌고, 경영전문대학원이 물론 일반대학원보다 취득해야 할 학점은 많지만, 대학생 시절의 느낌으로 다닐 수 있고, 포기하지만 않으면 졸업할 수 있다는 부분이 가장 큰 매력으로 느껴졌다.

하지만 관심만으로는 쉽사리 실행하기가 어려웠다. 업무적으로 완벽을 추구하던 '나'였기에 업무량도 많았고, 퇴근 시간도 늦어 평일 '저녁 7시 반부터 10시 15분까지' 학업을 병행하는 것이 엄두가 나질 않았다. 거기에 난 8살 난 아들과, 6살 난 딸아이를 키우고 있다.

고민하던 끝에 나의 경영전문대학원 진학에 대한 생각을 아내와 공유했고, 아내가 이를 듣고 전남대 MBA 과정에 입학 절차에 대해 알아봐 주었다. 그리고 그달에 바로 후기 MBA 신입생에 지원하였고, 이내 아내의 응원과 배려 덕분에 23학번 후기로 입학하게 되었다.

MBA, 여기서 연결되는 인적 네트워크는 상상을 초월한다. 다양한 분야에 종사하는 사업가, 경영 2세, 대기업 임직원, 공기업 임직원 등 20대부터 50대까지 나이대도 다양한 그들과 융화되어 함께 수업을 듣고, 발표 수업을 진행하면서 많은 깨달음을 얻어 가는 시간을 가질 수 있었다. 수업 중에 원우님들의 다양한 경험과 생각을 공유하면서 시각적으로 더 넓은 세상을 간접적으로 느낄 수 있었고, 새로운 세상을 보고, 나이가 많고, 적고를 떠나 존경하는 마음마저 들었다. 특히 딸과 함께 학업을 결심하여 전남대학교 경영대학원에 24학번으로 함께 입학하신 김은경 원우님 사례는 많은 귀감이 되었고, 감동적으로 다가왔다.

◆ 돈독한 우정과 함께한 첫걸음

23학번 동기 중에서도 가장 소중한 자산인 상민호 원우님, 구종천 원우님, 기남균 원우님, 김지현 원우님은 첫 오리엔테이션 때부터 지금까지도 돈독한 관계를 유지하고 있다. 모든 것이 낯설었지만 서로 의지하며 즐거운 MBA 학교생활을 보내고 있다. 추가로 22학번 선배님이신 임주한 원우님은 우리의 명예 멤버로 졸업할 때까지 함께하며 학술이사를 담당해 주었다.

임주한 원우님은 2024년 하반기 수업을 끝으로 2025년 1월 17일 보스턴으로 출국 예정이다. 외지에서 힘들 것 같은데 이 책을 통해 잠시 웃을 수 있는 힘을 주고자 메시지를 던져 본다.

'만능박사님, 거기 가서도 열심히 공부하실 것 같은데 항상 응원합니다.'

Ps. 한 학기 남아 있는 우리 멤버들도 무탈하고 즐겁게 학교생활 마무리합시다. ^^

◆ MBA, Software upgrade

MBA는 자신의 경영 능력을 '소프트웨어 업그레이드'처럼 개선하고 향상시키는 과정으로 볼 수 있다. 기존의 비즈니스 지식과 스킬을 최신 트렌드와 기술에 맞게 개선하고 강화하는 과정이라고 생각한다.

MBA 수업은 발표 수업이 많은 편이다. 원우님들은 대부분 나와 동일하게 일과 학업을 병행하는 상황이었음에도 불구, 과제와 PPT 발표 수업을 준비하는 자세와 완성도는 기존에 나름 PPT 발표 좀 해 봤다고 생각했던 나에게도 충격적으로 다가왔다. 특히 함께 입학했던 23학번 구종천 원우님의 나날이 발전되는 발표 수업의 높은 수준은 프로급으로 놀라웠고, 본받고 싶었다.

전문 강사 수준의 자료와 언변은 나를 더욱 갈증 나게 하였고, 현재 수업을 들었던 1년 반 동안 꾸준히 발표 수업을 청강하고, 또 만들어 보면서 나의 PPT 능력 또한 처음 입학 전과 비교하여 많은 발전을 이루었다고 생각한다. 그리고 더 발전할 것이다. 그리고 앞으로 남은 한 학기를 통해 더 성장해 있을 나의 모습에 기대가 된다.

MBA 과정은 나만의 세상에 갇혀 있던 모습에서 탈출하여 다양한 소프트웨어를 업그레이드하는 시간이었다. 자기 객관화를 통해 자기 자신이 얼마나 작은 존재였는지를 알 수 있게 해 주었다. MBA, 망설여졌다면 도전해 보길 바란다. 수업 시간을 함께하였던 원우님들과 가르침을 주신 교수님들로 하여금 모르고 있던 새로운 세상을 넓게 보고, 새로운 마음가짐을 갖게 하고, 전문적인 시각으로 성장하는 자기 자신을 발견하게 될 것이다.

◆ MBA와 현장의 연결 고리

MBA 수업을 통해 가장 좋았던 점을 꼽자면 내 직무에 적용하여 바로 활용할 수 있다는 부분이다. '리더십', '조직행동', '인적자원관리' 등의 수업을 들으면서 현장에 바로 적용할 수 있었고, 상대방을 이해하고, 인정하고, 보다 전문적이고 체계적으로 관리할 수 있었다고 생각한다. 또한 개인별 발표 수업을 통해 현 조직과 연결하여 회사에 대해 자세하게 공부할 수 있는 시간을 가질 수 있었고, 과제를 진행하며 한국 제약산업의 큰바위얼굴이신 故 임성기 회장님께서 남기신 자서전을 정독하게 되었고, 애사심 또한 더 높일 수 있는 시간을 가질 수 있었다.

故 회장님께서 수첩에 남기셨던 글귀 중에 '세월의 흐름은 피부를 주름지게 하지만, 정열의 포기는 영혼을 주름지게 한다'라는 글이 있다. 이 글귀는 단순히 시간의 흐름을 수동적으로 받아들이기보다 열정을 통해 자신의 삶을 주체적으로 개척하라는 강력한 메시지 내포하고 있다. 열정은 타인에게 동기를 부여하고, 팀을 이끄는 원동력이 되기 때문이다. 이 문구는 나의 동력이 되었고, 현재 메신저 프로필 문구로 작성하여 6개월째 자주 읽고, 되새기고 있다.

조직의 팀장이기 때문에 리더십 수업이 가장 흥미가 있었고 재미가 있었다. 여기에서 '리더십의 진정한 힘은 평판 관리에서 나온다고 해도 과언이 아니다.', '행동이 평판을 결정한다', '변혁적 리더십을 발휘하여 구성원들의 정서, 윤리 규범, 가치 체계 등을 변화시켜 의식 수준을 높이고, 성장과 자아실현 욕구에 관심을 갖게 하여 기대 이상의 성과를 끌어낼 수 있게 하여야 한다'는 부분은 내가 팀을 이끌어 가는 데에 있어 큰 영감이 되었다.

조직행동론에서는 상사와 부하의 관계를 설명하는 방식 중에 '멍부', '멍게', '똑부', '똑게'로 나뉜 표가 있다. 여기서 리더는 '완벽주의'가 꼭 좋은 것이 아니라고 바라본다. 큰 그림을 그려야 할 리더가 너무 부지런하고 완벽하면 팀원들과의 부조화가 심화 된다는 것이 결론이다.

업무에 대해 완벽하고자 노력했던 나로서는 충격적으로 다가왔다. 이 표를 통해 스스로 완벽주의 성향을 버리고, '똑게'가 되어 직원 스스로 성장할 수 있도록 옆에서 기다려 주고, 서포트해 주고, 생각한 대로 바로 실행할 수 있도록 독려해 주어야 한다는 것을 배웠고, 실천 중이다.

인적자원관리 수업을 들으면서는 많은 생각이 스쳐 갔다. 인적자원의 중요성을 재인식할 수 있었고, 결국 결원 발생에 따른 Risk가 조직에 대한 손실이 더 크다는 사실을 깨닫게 되었다.

다시 말해 팀원들에게 '더 잘 대해 주어야겠다'는 생각이 들게 하였고, 오래오래 갈등을 최소화하여 만족하면서 다닐 수 있는 환경을 만들어 주는 것이 팀원을 위해서도, 조직을 위해서도 도움이 될 것이라는 생각이 들도록 만들었다.

◆ 주어진 기회를 잡아라

나는 애사심이 큰 편이다. 회사는 나에게 먼저 일할 기회를 주었고, 채용 후에도 여러 분야의 교육 기회와 지원을 아끼지 않았다. 여기서 주목할 점은 함께하는 모든 동료가 동일한 조건의 투자를 받았음에도 불구하고, 항상 성과를 내는 사람은 따로 있고, 항상 성과를 잘 내는 사람은 꾸준히 지속적인 성과를 낸다는 것이다.

왜 그럴까? "내가 귀찮으면, 남들도 귀찮다."

하지만 주어진 기회를 놓치지 않고, 귀찮더라도 이겨 내고, 나의 것으로 만들기 위해 시간을 투자하고, 완벽하게 습득할 수 있도록 노력한다면 누구나 그 분야에서 인정받을 수 있는 위치로 올라설 수 있다고 생각한다.

"세상에 공짜는 없다." 모든 성공은 시간이 필요하고 그만큼의 대가를 치러야 한다. 기회는 있지만, 그 기회를 통해 성공을 얻으려면 노력과 시간이 반드시 필요하다.

누군가는 알고 있다. 당신이 노력하고 있다는 것을….

그리고 때가 되면 이끌어 준다. 굳이 말하지 않아도 이미 인정받고 있기 때문이다.

이 글을 읽는 독자라면 이미 충분히 능력을 갖췄다고 생각한다. 포기하지 말고, 힘내서 도전하자. 당신은 할 수 있다. 그리고 해낼 것이다.

◆ Just do it!

나는 팀원들에게 '우리 팀'에 대해 대외적으로 자부심을 갖도록 만들고 싶다는 목표가 있다. 조직 내에서만큼은 최상의 워라벨과 '나의 가장 큰 영업 무기'인 차별화된 정보화 영업 방식으로 팀을 체질화시켜 쉽게 따라 할 수 없는 가장 진보된 조직을 꾸리고 싶다.

또한 내가 존경받을 수 있는 사람이 되도록 지속적으로 노력해야겠다는 생각이 들게 했다. 믿고 따라올 수 있는 팀장이 될 수 있도록, 지금도 그렇게 되기 위해 지금도 매일 미래의 방향성에 대해 공부하고, 아침마다 가이드하며 환경 변화에 적응하고자 노력하고 있다.

성과 중심보다 과정 중심에 초점을 맞춰 조직에 꾸준히 긍정적인 영향력을 발산하여 조직을 이끌어 나가는 우리 팀의 미래의 모습이 기대된다. 이 부분이 현실화될 것이라 나는 믿는다.

생각은 누구나 한다. 하지만 생각대로 실행은 아무나 하지 못한다. 오늘의 결정이 내일을 만든다. 고민이 된다면 '일단 해 보고 후회하는 것이 맞다고 생각한다.'

Just do it!! 내가 우리 팀원들에게 자주 하는 말이다. 일단 해봐. 그냥 해 봐. 하면 된다.

'아무것도 하지 않으면 아무 일도 일어나지 않는다.'

요즘 들어 자주 드는 생각이지만, 난 지금 MBA 학교생활이 너무 행복하다. 삶이 무료하고, 무언가 더 배우고 싶은 갈증이 있다면 도전해 보길 강력히 추천한다. Just do it!!

◆ 새로운 인사이트, 말레이시아에서의 특별한 경험들

2024년 2학기 신흥시장 현장실습 수업으로 4박 5일 동안 말레이시아 쿠알라룸푸르에 방문하게 되었다. 결혼 이후 처음으로 가족들과 떨어져 해외로 나오게 되어, 걱정 반 설렘 반으로 일정을 보냈다.

전남대학교에서 인천공항까지 이동 후 말레이시아 공항, 또 숙소까지 이동하는 오랜 시간 동안 그간 수업 시간에 오가며 인사만 건네던 원우님들과도 오랜 시간 함께 이야기할 수 있는 시간이 많이 주어졌고, 교수님들과도 다양한 주제로 대화하며 조금 더 가까워질 수 있는 시간을 보낼 수 있었다. 더욱이 외지로 나오다 보니 원우님들 간 서로 더 의지하게 되는 시간이 되었던 것 같다.

나는 개인적으로 직장 생활을 10년 이상 하면서 개인 연차 사용을 거의 하지 않았다. 그 누구도 강제하지 않았다. 그만큼 일에 대한 욕심이 강하고, 루틴화 되어 있는 모습으로 일상과 분리되지 않았던 삶이었다. 이 기회를 통해 연차를 사용하고, 나 자신에게 투자하는 시간을 가질 수 있어 큰 의미가 있었다.

기억에 남았던 점을 몇 개 꼽자면 말레이시아 케방산대학교 경영대학원(UKM-GSB)과의 교류 활동을 하면서 현지 재학생들과 팀을 꾸려 영어로 PPT 발표도 준비해 보았고, Maxis 통신회사에 방문하여 화려한 내부에 눈이 휘둥그레지기도 하였고, 글로벌 석유 및 천연가스 관련 기업인 Petronas 기업도 방문하여 멋진 강의도 들을 수 있었고, 수업 시간 이후에는 야시장에서 바로 자른 두리안을 먹어 보는 경험도 하고, 다 함께 맥주 한잔 기울일 수 있는 시간이 있어 즐거움이 2배가 되었던 것 같다. 어디서 이런 시간을 보낼 수 있겠는가? 정말 꿈만 같았다.

그중에서도 가장 인상 깊었던 것은 쿠알라룸푸르의 상징인 페트로나스 트윈 타워를 직접 본 경험이었다. 낮에도 아름답고, 저녁에는 너무 분위기가 아름다운 건물이었다. 저녁에 촬영한 사진은 영화 속 장면을 방불케 했다. 타워와 연결되어 있는 Suria KLCC 몰에도 방문해서 사진도 남기고, 집에 가져갈 두리안 초콜릿도 샀던 즐거웠던 기억이 새록새록 난다.

이 책을 빌려 이 모든 스케줄을 준비하시느라 고생하셨던 전남대학교 경영전문대학원 행정실 담당자이신 우리 '임은영 선생님'과 '박유리 선생님'께 다시 한번 감사함을 표현하고 싶다. 정말 많이 고생해 주셨는데, 덕분에 행복한 시간을 마음 편하게 보내고 온 것 같다.

신흥시장 현장실습 수업을 통해 새로운 인사이트를 경험하고, 새로운 과제 또한 하나 얻어왔다.

영어 공부를 열심히 해야겠다는 생각을 몸으로 느끼게 된 계기가 되었다. 생각은 많이 했지만, 바쁘다는 핑계로 실천을 하지 못했다.

Just do it. 꼭 하겠다. 꼭 해내야겠다. 일단 졸업 먼저 하고… 하하… ^^

먼저 전남대 MBA에 도전할 수 있도록 적극적으로 응원해 준 나의 아내 '이유리'와 나의 아들 '최정원', 나의 딸 '최정인'에게 감사한 마음을 전합니다. 수업이 야간과 주말이라 일 끝나면 바로 학교로 갔기 때문에, 학교생활 하면서 거의 매일 밤 11시 정도에 집으로 들어와 퇴근 인사를 했던 것 같습니다. 늦더라도 먼저 잠자러 들어가지 않고, 내가 귀가할 때까지 기다리고 있던 '아내'의 모습을 기억합니다.

아이들도 아빠가 학교 가는 것보다 본인과 놀아 주는 것이 더 좋을 나이였고, 놀아 달라고 많이 조르기도 하고, 서운해하기도 하였는데 많은 시간을 함께하지 못해 아빠로서 많이 미안하게 생각합니다.

졸업 후, "아내와 자녀들과 더 많은 시간을 보내며, 더 나은 사람이 되겠습니다."

물론 영어 공부도 소홀히 하지 않을 겁니다. 하하.

독박으로 육아하며 많이 힘들었을 텐데, 불평하지 않고 묵묵히 응원해 주어 정말 고맙고, 당신 덕분에 오늘까지 올 수 있었습니다. 앞으로도 우리 가족 함께 잘 꾸려 나갑시다.

"사랑하는 아내, 그리고 당신, '이유리' 언제나 곁에 있을게요. 사랑합니다."

과제 발표

Global친구들과 즐거웠던 추억

소중한 MBA 동기들과 함께

한미약품 스마트 플랜트 팔탄공단 견학

말레이시아 현지 대학과의 글로벌 교류 프로그램

05

CHAPTER

미대 나온 여자의
MBA & 경영학 박사 도전기

| 고유현 |

그대 자신의 영혼을 탐구하라. 이 길은 그대만의 길이요, 그대만이 걸어야 한다.

함께 걷는 이가 있어도, 그대의 길을 대신 갈 수는 없음을 알라.

THE CHALLENGE

가장 아름다운 길은
길을 잃었을 때 만난다.

어릴 적, 나는 자연과 음악, 춤을 사랑하는 아이였다. 90년대 초등학생 시절, 1세대 아이돌인 S.E.S, 핑클, H.O.T의 노래 가사를 달달 외우며 우리 집 앞마당에서, 그리고 할아버지, 할머니 앞에서 매일 재롱잔치를 하는 것이 일상이었다. 할아버지께서는 내가 초등학교 때 퇴직하셨는데, 그때도 나는 동네에서 꽤 많은 친구들에게 인기 있었던 아이였다고 하셨다. 동네 아이들과 강아지들을 이끌고 다니며, 나는 동네 골목대장이었다. 어린 시절, 나는 늘 에너지가 넘쳤고, 그 에너지는 학창 시절 내내 계속됐다.

중학교 때는 가장 친한 친구들과 부직포로 후뢰시맨 가면을 만들고, 소품과 의상을 준비해 전교생 앞에서 춤을 췄다. 대학교에선 동아리 활동을 통해 아이돌 댄스를 추었고, 학교 축제 공연의 무대 구성원으로 매년 참가했다. 지금의 극 내향적인 나와 비교하면 정말 의문스럽지만, 어렸을 때 나는 정말 흥이 많았던 것 같다. 지금 돌이켜보면, 재능이 뛰어난 편은 아니었지만 그때 함께해 준 친구들에게 정말 고마움을 느낀다. 가끔 그 당시 에너지 넘쳤던 나를 떠올리면 웃음이 나온다.

고등학교 시절, 나의 별명은 '잠2, 멍2'였다. 선생님들은 내가 잠을 너무 많이 자서 처음에는 병이 있는 학생인 줄 알았다고 하셨다. 하지만 다행히 나는 그냥 잠이 많은 성장기의 소녀였다. 깨어 있을 때도 나는 멍하니 창밖을 바라보며 시간을 보냈다. 그때부터 '프로 멍때러'의 이력이 시작된 것 같다. 만약 그 당시 한강 멍때리기 대회가 있었다면, 아마 참가해서 순위권에 들었을 것 같다. 고등학교 2학년 무렵, 나는 내 안에 잠재된 또 다른 관심사를 발견했다. 그 관심사는 바로 그림이었다. 친구와 함께 예술에 대해 이야기를 나누며 나는 미술에 빠지기 시작했다. 고2 여름 방학, 그렇게 친구를 따라서 미술 학원에 다니게 되었고, 좀 늦은 시기였지만 선생님의 권유로 입시 미술을 시작하게 되었다. 고등학교 선생님들께 내가 그림을 꽤 그리는 학생으로 알려졌고, 감사하게도 학교 행사나 축제에서 나의 작품을 전시할 기회도 주어졌다. 비록 뛰어난 실력은 아니었지만, 내가 선택한 분야에서 열심히 노력하는 모습을 선생님들께서 예쁘게 바라봐 주신 것 같다. 그 덕분에 나는 예비 아티스트로서 많은 응원을 받았고, 나의 예술 세계를 만들어 갈 수 있었다.

학교에서는 잠을 자고 멍하니 있을 때도 많았지만, 미술 학원에 가는 순간만큼은 내게 가장 즐거운 시간이었다. 화실에서 그림을 그릴 때만큼은 그 어떤 것에도 신경 쓰지 않고 온전히 나만의 시간을 즐길 수 있었다. 그때가 내게는 가장 행복한 시간이었고, 내가 사랑하는 예술을 통해 나만의 길을 찾고 있다는 기분을 느꼈다. 미래에 대한 큰 걱정 없이 창작 활동에만 집중하던 자유로운 예술가가 되고 싶다는 낭만을 품은 어린 소녀였다. 그렇게 열심히 학교와 학원을 오가던 나는 어느새 예술대학교 미술학과 학생이 되어 있었다.

◆ 예술대학교 미술학과 졸업 후, 예술가이자 창업가, 여행자로서의 삶

　대학교에 입학하면서 원치 않았지만 자연스럽게 성인으로서의 삶이 시작되었다. 예상과 다르게 틀에 박힌 입시 미술을 통해 들어온 대학교의 일상은 내가 꿈꾸던 모습과는 달랐다. 나는 금세 대학 생활에 흥미를 잃었다. 대학교에 들어온 이후, 나는 이전보다 더 자유로운 분위기에서 내 생각을 마음껏 표현하고 싶었다. 하지만 내 생각과 작품에 대한 창작 방식이 다소 개성이 강했기 때문에, 내 생각을 자유롭게 표현하면 약간 불편한 학생으로 여겨졌다. 그 뒤로 나는 내 생각의 40% 정도만 표현하는 습관을 들이려고 노력했다. 거르고 거른 정제된 표현을 하면서 나는 적어도 무난한 대학생 취급을 받을 수 있었다. 고리타분한 학교의 커리큘럼과 기준에 맞춰 천편일률적으로 같은 결과물을 내야 하는 과제들에 지쳐 버렸다. 지금 생각해 보면, 당시의 내가 참 오만하고 겸손하지 못했다고 느끼지만, 그 당시에는 대학 생활에 큰 기대를 했기에 그 괴리감에 금방 흥미를 잃고 겉도는 느낌을 받았던 것 같다.

　성인이 되면 자연스러운 일이지만, 더 어린 나이에도 독립하여 자신들의 삶을 꾸려 가는 사람들도 많다고는 하지만, 어찌 되었든 내 의지와는 별개로 집안 사정으로 빠른 독립을 해야 했고, 생계를 책임지는 일은 당연하지만 내게 큰 부담으로 다가왔다. 스무 살의 캠퍼스 라이프를 즐기지도 못하고, 아르바이트를 3~4개씩 하던 기억이 난다. 그때는 내 인생을 책임져야 한다는 생각에 힘든 줄도 모르고 일을 했지만, 지금 돌이켜보면 젊은 날의 체력이 뒷받침되어 가능했지 않았나 싶다. 그렇게 여러 시행착오를 겪으며 대학을 졸업한 후, 선배님의 추천으로 전주의 문화재단에 소속된 한옥마을 문화관에서 근무를 시작했다. 문화관의 문화재들을 관리하고, 전시와 행사를 기획하며 운영하는 일이었다. 이때 예술 현장의 예술인들과 소통하면서 문화 행정에 대해 많은 것을 배울 수 있었던 것 같다. 그 과정에서 나는 문화 예술의 중요성과 그것을 운영하고 지원하는 일이 얼마나 복잡하고 중요한지를 깨닫게 되었다. 예술인들과의 직접적인 교류는 내가 예술계에서 어떤 역할을 맡아야 하는지, 나의 예술적 정체성에 대해 고민하게 만들었고, 그들과 예술에 대한 열정과 삶 속에서의 고민들을 나누면서 예술인들의 삶에 한 걸음 더 다가갈 수 있었다.

전주에서 1~2년 정도의 근무를 마친 뒤, 다시 광주로 돌아와 한옥마을에서 얻은 경험과 나의 전공을 바탕으로 공방을 창업하고 운영하기 시작했다. 1년 동안 도예 체험 프로그램을 운영하며 수강생들을 모집하고, 수업을 하며 나의 작업을 병행했다. 그렇게 도예가로서의 삶을 잔잔히 살아가던 중, 대학교 시절 기숙사에서 함께 살았던 룸메이트 언니에게 연락이 왔다.

"유현아, 언니 세부에서 일하는데 너무 즐거워. 풍경도 아름답고 정말 아름다워! 바다를 보는데 네 생각도 나고 해서 연락했어. 우리 기숙사 함께 살던 시절 참 즐겁게 지냈었잖아. 요즘 뭐 하고 지내?"

나의 안부를 묻는 전화였다. 그렇지만 단순한 안부 전화가 아니라는 것을 금방 눈치챘다. 타지에서 즐거움을 느끼고 있었지만, 그 속에 외로움도 함께 느끼고 있던 언니가 나에게 전화를 건 것이었다. 즐겁다고 말하는 언니의 말 속에서, 묘하게 외로움이 느껴지는 대화였다.

언니는 음대에서 가야금병창을 전공했는데, 여행을 정말 사랑하는 사람이었다. "나는 역마살이 있어서 밖에서 하루 동안 할당된 에너지를 다 쓰지 않으면 집에서 좀이 쑤셔 병이 난단 말이야. 나 운동장 몇 바퀴 돌고 와야겠어!"라고 할 정도로 에너지가 넘치는 여인이었으니 말이다. 통화를 하던 도중에 내 근황을 듣던 언니는 나에게 한 가지 제안을 했다.

"유현아, 너도 와서 언니랑 함께 일하면 좋겠어. 이곳에 와서 여행도 하고 영어도 배우지 않을래?" 마침 나는 공방 운영을 통해 창업 경험도 즐겁게 했고, 이쯤 되면 이 경험에 충분히 만족했다고 생각할 무렵이었다. 슬슬 다른 일을 해 보고 싶어지던 시기이기도 했고, 새롭고 즐거운 경험을 해 보고 싶은 마음도 들었다. 특히, 필리핀의 아름다운 자연을 볼 수 있다는 기대감과 설레는 마음에 잠깐의 고민을 끝으로 일주일 뒤 세부로 향하는 티켓을 끊었다.

세부에 도착한 후, 한국에서 필리핀으로 영어를 배우러 온 초등학생들과 학부모들을 위해 일정을 관리하고, 현지 어학원과 유학생들을 연결해 주는 업무를 맡아서 수행했다. 그 외의 시간에는 나도 영어 수업을 듣고 공부할 수 있었다. 영어 공부가 그렇게 잘되지는 않았지만, 그래도 강사와 영어를 사용하며 대화할 수 있었던 덕분에 나는 장시간 영어에 노출되었고, 영어에 많이 익숙해질 수 있었다. 평일에는 일을 하며 영어를 학습하고, 주말에는 학업에 지친 어린이들과 학부모들을 데리고 필리핀 주요 5대 도시를 다니며, 지역 명소 투어를 진행하였다. 공부에 지친 학생들이 주말에 여행을 다니며 맛있는 음식을 먹고, 멋진 풍경을 보며 행복해하는 모습을 보면서 보람을 느꼈다.

나와 언니는 명소 투어 가이드를 하지 않는 날, 필리핀의 잘 알려지지 않은 섬들을 찾아 '지구탐험대원들'이라는 이름으로 모험을 즐기며 시간을 가졌다. 본래 일을 하러 간 곳이 필리핀의 아름다운 섬, 세부였지만, 그 외에도 더 아름다운 섬들을 주말마다 탐험하며 무척 행복했다.

팔라완, 보홀, 판타논, 보라카이 등 유명한 섬들을 모두 다녀봤지만, 그 많은 아름다운 섬들 중 생생히 기억나는 섬이 있다. 많이 알려지지 않았지만 세부 근처에 위치한 작은 섬, '카모테스 아일랜드'이다. 10년 전만 해도 현지인들 외에는 잘 찾지 않던 섬이었지만, 그래서인지 그 당시 때 묻지 않은 섬으로 더 신비롭고 아름다웠던 것 같다. 카모테스섬의 물은 정말 푸르고 맑았고, 관광객은커녕 현지인들마저도 없는 바다의 주변 풍경은 고요하고 신비로웠다. 하얀 모래가 묻은 발을 씻기 위해 푸른 바닷물에 발을 담갔을 때의 그 기분은 아직도 잊을 수 없다. 하늘과 바다, 그리고 나만이 이 세상에 존재하는 느낌이었다. 글로는 설명하기 참 힘든데, 눈물이 날 정도로 고요하고 아름다운 풍경이었다. 내 몸을 누르고 있던 권태와 지친 에너지들이 푸른 바닷물로 다 씻겨 내려가는 기분이었다. 세상의 불필요한 소음은 모두 사라지고, 바다의 부드러운 파도소리와 시원한 물결 속에서 완전한 평화와 고요를 느꼈다. 그곳에서는 시간마저 잊게 만드는 묘한 고요함이 있었다. 10년이 지난 지금도 그 섬은 내 마음속에서 여전히 그 자리에 있다. 그때의 바다와 하늘, 고요함이 그리워져 시간이 지나도 그 섬을 잊지 못할 것 같다. 조만간 기회가 되면 그 섬에 다시 방문하고 싶다.

필리핀에서의 즐거운 경험을 뒤로하고 한국으로 돌아온 후, 나는 문화체육관광부 산하기관인 한국문화예술위원회에서 예술 행정가로서 민간 문화단체와 예술인들의 복지를 위한 업무를 시작했다. 이 시기에 국비 및 지방비 예산을 어떻게 편성하고 관리하는지, 사업을 구상하고 계획서를 어떻게 작성하는지 등에 대해 배우며 중요한 경험을 쌓을 수 있었다. 또한 현장에서 예술 단체와 예술가들의 고충을 들으며, 그들을 지원하는 역할에 대해 깊이 깨닫게 되었다. 예술 행정을 하면서 느낀 점은, 예술가들을 위한 행정은 '선 예술, 후 행정'이어야 한다는 것이다. 예술가들이 창작 활동을 온전히 펼칠 수 있도록 돕기 위해서는 규제와 법을 따르되, 문화와 예술의 특수성을 이해하고 그들과 함께 창의적으로 문제를 해결하는 예술 행정가가 되어야 한다는 것을 깨달았다. 내가 하는 일이 예술가들에게 실제로 도움이 된다는 생각에 책임감이 생겼고, 열정적으로 업무에 임할 수 있었다.

하지만 그 당시, 나는 평일에는 예술 행정가로, 주말에는 시각 예술 작가로서 개인 작업과 전시를 병행하며 바쁜 일정을 보냈다. 여러 프로젝트와 업무를 동시에 처리하는 일이 점점 많아졌고, 그것들이 나의 체력과 정신적 에너지를 서서히 고갈시켰다. 신체적으로도 점점 지쳐 갔지만, 무엇보다 더 힘든 것은 정신적으로 고갈되어 가는 내 모습이었다. 처음에는 내가 하고 있는 일에 대한 열정과 책임감이 나를 이끌었지만, 점차 그 열정이 사라지고 정신적인 피로가 쌓여 갔다. 외부에서 아무리 많은 일을 해도 내 내면에서 나를 지탱해 주는 에너지가 고갈되면서 점점 더 힘든 상태로 빠져들었다. 결국, 나 자신을 돌보지 못한 채 계속해서 일에 몰두하다 보니 번 아웃을 겪게 되었다. 하루하루가 피로에 찌들고, 업무를 수행하는 데 필요한 에너지도 빠르게 고갈되는 걸 느꼈다. 그런 상태에서 계속 일을 이어 가는 것이 점점 더 힘들어졌고, 결국 이 정체된 상태에서 벗어나지 않으면 더 이상 나아갈 수 없다는 것을 깨달았다. 나는 일상을 조금 변화시켜야 한다는 결론에 이르렀고, 그것은 단순히 일을 바꾸는 것이 아니라 정신적으로 채워 줄 무언가가 필요하다는 것을 절실히 느끼게 되었다. 내 삶을 다시 충전하고, 더 나은 방향으로 나아가기 위한 도전이 필요한 시기가 온 것이다.

◆ 전남대학교 MBA 과정과 폭넓은 분야의 원우들과의 교류를 통해 더욱 넓어진 세계

학부를 졸업한 후, 집과 회사만을 오가며 사회생활을 하다 보니 어느새 10년이라는 세월이 훌쩍 지나 버렸고, 새로운 경험을 통해 나를 성장시켜야 한다는 생각은 들었지만, 어디서 그 도전의 시작점을 잡아야 할지 막막했다. 그러던 중 어느 날, 무엇인가에 홀린 듯 학부 시절의 향수를 떠올리며 전남대학교 홈페이지에 방문했다. 지루했지만, 돌이켜보면 내 젊은 시절의 소중한 시간을 보냈던 캠퍼스의 추억들이 남아서 그랬을까? 그렇다. 나는 자유롭고 당당한 전남대인이 아니었던가? 진리, 창조, 봉사의 이념 속에서 대학 생활을 했던 경험을 떠올리며 전남대학교 홈페이지 이곳저곳을 배회하다가 MBA 신입생 모집 게시글을 읽게 되었다. 공방 창업 및 운영, 그리고 재단과 위원회에서의 근무 경험을 통해 경영과 행정 분야에서 나의 부족한 역량을 좀 더 성장시키고 싶다는 무의식적인 아쉬움을 느꼈던 것 같다. 그렇게 새로운 배움에 대한 열망과 도전 의식이 공명하였고 그렇게 나는 전남대학교 경영전문대학원의 문을 두드리게 되었다.

GMBA 과정 속 다국적 문화와 학문적 교류

　GMBA(Global MBA) 프로그램에 입학하면서, 나는 전 세계에서 온 다양한 친구들과 함께 학문적 교류를 나누는 소중한 기회를 가졌다. 각기 다른 문화적 배경을 가진 사람들과의 만남은 내가 예상했던 것보다 훨씬 더 풍성한 경험을 안겨 주었다. 특히, 한국에서 공부하는 외국인 친구들이 겪는 삶의 어려움과 고민을 들으며 그들의 문화적 충격과 불안감을 함께 나누는 시간이 내게 큰 의미로 다가왔다. 외국인 유학생들은 한국에서 새로운 삶을 시작하며 많은 도전에 직면한다. 그들이 한국어와 한국 문화를 배우면서 겪는 어려움은 생각보다 훨씬 크다. GMBA 친구들과 이야기를 나누며, 우리는 서로의 고민을 이해하고, 외국인 유학생들의 복지와 그들의 한국에서의 미래에 대해 함께 고민하는 시간을 가졌다. 그들의 이야기를 들으며 나는 내게 주어진 기회와 한국에서의 삶에 감사하는 마음을 가질 수 있게 되었다. 또한, 그들과 다양한 학문적, 문화적 경험을 공유하며, 함께 성장하는 경험을 할 수 있었다. 수업을 함께 듣고, 팀 프로젝트를 진행하면서 서로 다른 생각과 접근 방식으로 문제를 해결하려는 과정에서 나는 고정관념을 깨고 새로운 시각을 배우게 되었다. 타국에서 멋진 도전을 하는 외국인 친구들이 정말 멋있게 느껴졌고, 그들의 열정적인 모습을 보며 나 자신도 더욱 노력해야겠다는 다짐을 하게 되었다. 언어와 문화적 차이가 가로막을 때도 있었지만, 내가 할 수 있는 최선은 친구들을 응원하고 지지하는 것이었다. 그들이 힘들어할 때, 그들의 이야기를 듣고 따뜻한 한마디로 격려하는 것이 내가 잘할 수 있는 일이었다. 그들과 함께한 시간은 내게 큰 자산이 되었고, 그들의 도전과 성장 과정에서 많은 배움을 얻을 수 있었다. 졸업 후, GMBA 원우들은 각자의 본국으로 돌아가거나 한국에 남아 새로운 인생을 준비하고 있다. 그들의 미래를 응원하며, 각자의 길에서 행복을 찾기를 진심으로 바란다. 이 경험은 단지 학문적 지식이나 개인적 성취를 넘어서, 사람과 사람 사이의 진정한 교류와 소통의 중요성을 깨닫게 해주었다.

비전공자로서의 도전과 성장

MBA 과정에 비전공자로 입학하면서 처음에는 경영학이 매우 어렵게 느껴졌다. 경제학, 회계학, 마케팅 등 처음 접하는 분야가 많았고, 복잡한 이론들이 쉽게 이해되지 않았다. 특히, 경영학의 기본적인 개념을 익히는 데 시간이 걸렸지만, 수업에 참여하고 과제를 수행하면서 그 어려움을 조금씩 극복해 나갔다. 점차 경영학이 흥미롭고 재미있게 느껴지기 시작했고, 이 과정을 통해 나 자신이 많이 성장했다고 생각한다.

또한, 영어에 대한 두려움도 컸었는데, 처음에는 영어로 진행되는 수업을 듣고 발표하는 것이 부담스러웠다. 하지만 부딪히고 도전하면서 점차 자신감을 얻을 수 있었다. 다양한 국적의 학생들과의 교류를 통해 영어 실력을 키울 수 있었고, 언어 장벽을 조금씩 넘으면서 영어에 대한 자신감을 쌓았다. 그럼에도 영어 실력이 많이 부족해서 많은 노력을 해야 한다는 것을 잘 알고 있다. 이런 어려움 속에서도 정말 감사하게도 졸업 당시에 성적 우수상을 받았는데, 이는 나의 노력도 있었지만 그것이 전부는 아니었다. 교수님들의 따뜻한 격려와 친구들과의 협업을 통해 가능했던 일이었다. 나는 힘들 때마다 함께하는 원우님들을 보며 마음을 다잡을 수 있었고, 나의 부족한 부분을 채워 주고 이해해 주었던 교수님들 덕분에 끝까지 포기하지 않고 학교를 잘 다니고, 졸업할 수 있었다. 정말 감사드립니다.

비전공자이자 영어 실력이 부족했던 나는 많은 어려움을 겪었지만, 그 경험들이 오히려 내가 더 성장하는 데 큰 도움이 되었다. 경영학에 대한 깊은 이해를 쌓는 동시에, 영어 실력을 키우며 글로벌 환경에서 나 자신을 표현할 수 있는 능력을 기를 수 있었다. 결핍이 있었기에, 그 결핍을 채우려는 노력 속에서 조금은 성장할 수 있었다. 이 경험은 내 인생에서 중요한 자산이 되었고, 앞으로도 계속해서 영어 공부에 힘쓰며 경영학에 대한 지식을 넓혀 더 넓은 세상에서 도전할 역량을 키워 가야겠다.

교육조교(TA) 근로장학 활동

MBA 과정에 입학하면서 교육조교(TA)로서 근로장학 활동을 병행할 수 있었다. 수업 일정 및 학교 행정 업무를 지원하고, 경영전문대학원 소식지 편집 및 발행을 맡았으며, SNS 운영 업무도 담당했다. 이 업무는 학문적 경험을 넘어 학교 운영과 커뮤니케이션에 대한 실질적인 이해를 쌓는 데 큰 도움이 되었다. 또한, 교직원 및 학생들과의 상호작용을 통해 학교 행정 전반에 대한 깊은 이해를 얻을 수 있었고, 이러한 경험은 내가 속한 학문적 환경을 넘어 조직의 구조와 문화에 대한 시각을 넓히는 데 큰 도움이 되었다.

◆ MBA 입학을 계획하는 이들을 위한 가이드

1. MBA 입학 준비와 지원 과정

MBA 프로그램에 지원하기 위해서는 먼저 모집 기간을 파악하고, 필요한 서류들을 준비해야 한다. 지원서, 자기소개서, 이력서, 추천서 등 요구되는 서류들을 정확히 이해하고 준비하는 것이 중요하다. 전남대학교 경영전문대학원 홈페이지의 공지사항을 참고하면 도움이 된다.

면접 준비 역시 필수적이다. 면접에서는 MBA를 선택한 이유와 이루고자 하는 목표를 명확히 설명할 수 있어야 한다. 또한, 자신의 학문적 배경이나 경력과 MBA 과정이 어떻게 연관될지 잘 정리하여 면접에 대비하는 것이 좋다. 면접은 다대일로 진행되므로 미리 준비하면 긴장감을 덜 수 있다. 교수님들은 편안한 분위기에서 면접을 진행하시니, 너무 긴장하지 않고 편안한 마음으로 임하면 된다.

2. MBA 과정의 수업 구성

전남대학교 MBA 과정은 경영학의 기본적인 이론을 다루는 과목들이 포함되어 있으며, 빅데이터, 전략경영, 국제경영, 리더십, 인사조직관리, 생산운영관리, 마케팅, 회계학, 재무관리 등 경영학 전반에 관련된 내용들을 배우게 된다. MBA 과정은 실무 중심의 학습을 강조하며, 선택과목을 통해 자신의 관심 분야에 대해 심화 학습을 할 기회를 제공한다. 다양한 분야에서 실무 경험을 바탕으로 전문성을 높일 수 있다. 더불어, 여러

분야의 전문성을 갖춘 원우들과 함께 수행하는 팀 프로젝트와 발표 경험들은 협업 능력을 키우는 데 중요한 역할을 한다. 다양한 배경을 가진 사람들과 함께 프로젝트를 완수하는 경험은 실제 기업 환경에서 필요한 중요한 스킬을 익히는 데 큰 도움이 될 것이다.

3. 학교생활 꿀팁

전남대학교 MBA 프로그램에서는 해외 대학과의 교환학생 프로그램을 통해 다양한 국가와 문화적 배경을 가진 사람들과 교류할 수 있다. 이는 글로벌 네트워크를 확장하고 학문적인 경험을 넓히는 좋은 기회이다. 또한, MBA 과정은 학문뿐만 아니라 다양한 학생 활동에 참여할 기회도 제공한다. MT, 동아리 활동, 리더십 관련 프로그램 등은 유익한 인간관계를 형성하고 협업 능력을 높일 좋은 기회가 된다. 네트워킹도 MBA 과정에서 중요한 부분이다. 교수님들과 동료들은 미래의 중요한 네트워크가 될 수 있다. 세미나, 포럼, 네트워킹 행사에 적극적으로 참여하여 다양한 사람들과의 관계를 넓히는 것이 중요하다.

4. 학업과 개인 생활의 균형 잡기

MBA 과정은 직장 생활과 학업을 병행하는 경우가 많기 때문에 효율적인 시간 관리가 필수적이다. 일정을 미리 계획하고 우선순위를 정해 체계적으로 업무를 처리하는 것이 중요하다. 특히 중요한 과제나 시험이 있을 때는 미리 준비하여 여유를 가지는 것이 좋다. 자기 관리도 중요하다. MBA 과정은 신체적, 정신적으로 도전이 될 수 있기 때문에, 충분한 휴식과 운동, 취미 활동 등을 통해 건강을 유지하며 균형 잡힌 생활을 하는 것이 필요하다.

5. 졸업 후의 진로 준비

대부분의 MBA 학생들은 직장 생활을 병행하면서 학업을 이어간다. 취업을 준비하는 학생이라면, MBA 과정 중에 인턴십이나 취업 기회를 확보하는 것이 중요하다. 학교에서 제공하는 취업 지원 서비스를 활용하거나 네트워크를 통해 다양한 기회를 찾을 수 있다. 또한, MBA 졸업 후 경영컨설팅, 스타트업, 공기업 및 사기업 취업 등 다양한 분야에서 도전을 하고, 자신의 꿈을 펼칠 수 있다. 졸업 전에 자신의 진로에 대해 충분히 탐색하고 준비하는 것이 중요하다. 전남대학교에는 대학원생을 위한 다양한 비교과 프로그램도 있으니 이를 적극적으로 활용하자.

6. GMBA를 도전한다면? 외국어와 다양한 문화에 대한 포용적 태도가 필요

GMBA 과정은 영어로 진행되므로, 영어 실력에 대한 준비가 필수적이다. 수업을 원활하게 듣고 의견을 적극적으로 표현할 수 있는 영어 능력을 키우는 것이 중요하다. 영어에 자신이 없다면 미리 영어 학습을 시작하거나 어학원, 온라인 강의를 통해 실력을 다지는 것이 도움이 된다. GMBA 과정에서는 다양한 국적의 학생들과 교류하게 되므로, 문화적 차이를 존중하고 이해하는 태도를 기르는 것도 중요하다. 이러한 대도는 MBA 과정에서뿐만 아니라 졸업 후 글로벌 비즈니스 환경에서도 큰 자산이 될 것이다.

전남대학교 MBA 과정은 나에게 많은 도전과 성장을 안겨 준 소중한 경험이었다. 다양한 문화와 사회적 배경을 가진 원우님들과의 교류를 통해 여러 분야에 대한 간접 경험과 경영학에 대한 깊은 이해를 쌓을 수 있었고, 영어에 대한 두려움을 극복하며 나 자신을 한 단계 성장시킬 수 있었다. 현재 MBA 과정에 진학하기 위해 고민 중인 분들이 있다면 드리고 싶은 말이 있다. 시작이 어렵지만 도전하게 된다면 많은 것을 얻을 수 있을 것이다. 많은 경험과 사람 그리고, 성장을 얻을 수 있다. 고민하고 있을 시간에 도전하기를 바란다.

◆ 일반대학원 경영학 박사 학위 과정 진학, 더 깊어지는 학문의 세계

경영학에는 다양한 과목들이 있다. 국제경영, 인사관리, 마케팅 등 여러 분야가 있는데, 그중에서 나에게 특히 의미 있게 다가온 과목은 빅데이터 관련 과목이었다. '빅데이터와 사회적 혁신'과 '빅데이터 수집 및 분석' 수업이 바로 그 과목들이었다. 처음에는 '빅데이터'와 '사회적 혁신'이 어떻게 연결될지 궁금했으나, 교수님의 사회적 문제 해결을 위한 접근법은 매우 신선하게 다가왔다. 교수님의 사회적 문제 해결에 대한 열정은 내게 공부를 해서 어떻게 사회적으로 도움이 되는 연구를 해야 하는지를 생각할 기회를 만들어 주셨다. 데이터 기반 분석을 통해 사회적 문제를 해결하는 과정에 깊은 흥미를 느꼈고, 이 경험을 바탕으로 더 깊이 있게 연구해 보고 싶은 마음이 생겼다. 결국 전남대학교 일반대학원 박사과정에 도전하게 되었고, MBA에서 배운 수업이 박사과정 진학을 결심하게 만든 중요한 계기가 되었다.

예술에서 경영으로: 창의적 사고의 새로운 적용

미술을 전공하며 배운 것은 세상을 '이미지'로 이해하는 법이었다. 색채와 형태, 그리고 창의적인 사고를 통해 세상을 표현하는 방법을 익혔다. 나는 추상적이고 직관적인 방식으로 문제를 해결했으며, 미완성을 받아들이고 계속해서 수정을 거쳐 하나의 작품을 완성해 나갔다. 그 과정에서 얻은 가장 큰 자산은 바로 '창의성'이었다. 그러나 MBA와 경영학 박사 학위 과정에서는 그 창의성을 현실 세계에서 어떻게 실현할지를 고민해야 했다. 경영학 분야에 처음 발을 들였을 때, MIS, 마케팅, 전략경영 등의 분야는 미술에서 색과 형태만으로 세상과 소통하던 나에게 매우 생소하게 느껴졌다. 수많은 데이터, 숫자와 차트, 분석과 전략을 통해 학문적으로 소통하는 방식에 적응하는 데 시간이 필요했다. 처음에는 경영학 관련 이론과 개념들도 이해하기 어려웠지만, 창의성의 핵심이 문제를 해결할 수 있는 새로운 시각을 제시하는 데 있다는 점을 깨달았다.

미술이 감성적이고 창의력에 기반하여 다양한 도구와 기법을 활용해 표현하는 과정이라면, 경영학은 사회 현상에 대한 깊은 분석을 통해 이론적으로 발전하며 사회적 문제를 해결하는 학문인 깃 같다. 경영학 연구는 기존 이론을 검토하고 새로운 이론을 발전시켜 사회 현상에 대한 이해를 심화시킨다. 이를 통해 사회적 갈등, 경제 불평등, 환경 문제 등 다양한 이슈에 대해 시사점을 제시하고, 통찰력을 발휘함으로써 다음 연구를 위한 화두를 던진다. 또한, 경영학은 정부, 기업, 민간에서 의사결정을 내릴 때 중요한 통찰을 제공하며, 정책 개발과 개선에 기여한다. 내가 그림을 그리며 붓으로 색을 칠하는 것처럼, 경영학도 데이터, 차트, 그래프, 연구 방법론 등을 활용해 사회적 현상과 문제를 분석하고, 사회적 변화를 촉진하는 연구를 수행한다. 붓 대신 펜을 들고 작업하는 것이지만, 본질적으로는 여전히 창의성을 발휘하는 과정이라고 생각한다.

학문적 깊이를 향한 여정: 연구자가 되는 길

경영학 박사 학위 과정의 가장 큰 특징은 바로 연구다. 매일 논문을 읽고, 여러 방법론을 익히며, 연구 문제를 정의하고 해결책을 찾는 과정은 새로웠다. "왜?"라는 질문을 던지고 체계적으로 답을 찾아가는 과정에서 지도교수님께서는 연구가 단순한 학문적 탐구를 넘어서, 사회적 문제를 해결하고 소외되고 약자의 위치에 처한 이들을 위한 변화를 이끌어야 한다는 점을 강조하셨다. 연구자는 숫자와 데이터 속에서 인간을 놓치지 말아야 하며, 연구의 궁극적인 목적은 사회와 약자를 위한 실질적인 해결책을 모색하는 데 있다는 중요한 가르침을 주셨다.

박사 학위 과정의 일상은 예상보다 훨씬 다채로웠다. 정적인 환경 속에서 조용히, 때로는 은밀하게 진행되는 다양한 과정들이 흥미롭게 다가왔다. 학부 시절 다양한 도구와 색으로 가득했던 환경과는 달리, 박사 과정에서는 흰 종이와 펜, 하얀 모니터와 키보드라는 간소한 도구들로 연구가 진행되었다. 가장 중요한 일은 연구에 집중하는 것이었으며, 자료를 조사하고 연구 질문을 명확히 하며 새로운 아이디어를 발전시키는 과정이 포함되었다. 앞으로는 개인의 연구나 서로의 연구를 공유하고 피드백을 주고받으며, 논문을 작성하고 학회에 참가해 연구 결과를 발표하는 활동을 통해 학문적 성장을 이루고 싶다. 교수님들과 함께 공부하는 학생들과의 긴밀한 협력이 중요한 역할을 하며, 연구의 방향성에 대한 조언을 받고 연구의 깊이를 더하는 시간을 깊이 가져야 한다. 아직 글로 정리하기에는 어려운 부분이 있지만, 준비 중인 새로운 도전을 위해 실험적이고 깊이 있는 연구를 하고 학문적 성취를 이루고 싶다.

◆ 가장 아름다운 길은 길을 잃었을 때 만난다

'가장 아름다운 길은 길을 잃었을 때 만난다.' 이 문구는 인생에서 길을 잃고 혼란을 겪는 순간이 때때로 가장 소중하고 아름다운 변화를 가져다준다는 깊은 의미를 담고 있다. 우리는 삶의 여정에서 종종 방향을 잃고 불안과 혼란에 휩싸일 때가 있다. 그러나 그 과정이 결국 우리가 진정으로 가야 할 길을 찾는 데 필요한 시간이었음을 깨닫게 된다.

나는 미술학도로서 형과 색채를 기반으로 세상과 소통했다. 하지만 경영학이라는 새로운 분야에 발을 들여, 글과 데이터, 이론을 도구와 매체로 사용하는 것은 낯설고 어려웠다. 여러 과제와 도전 속에서 처음엔 길을 잃은 것처럼 느껴졌지만, 그 과정에서 점차 새로운 관점과 방향을 발견하게 되었다. MBA에서의 새로운 경험에서 얻은 성취감과 학문을 좀 더 깊이 연구해 보고 싶다는 아쉬움은 나를 박사과정으로 이끌었고, 그 과정에서 다시 한번 자발적으로 길을 잃는 경험을 통해 내가 진정으로 하고 싶은 일이 무엇인지 깨닫게 되었다.

인생은 때때로 우리가 예상하지 못한 방향으로 이끌지만, 그 길이 바로 가장 아름다운 길이 될 수 있는 것 같다. 길을 잃었다고 느낄 때, 그 혼란 속에서 우리는 계속 고민하고 부딪히며 어려움을 극복하면서 더 강하고 깊은 성장을 이룰 수 있다. 결국, 인생의 여정은 우리가 '길을 잃고' 다시 찾는 과정에서 더욱 의미 있고 아름다워지는 과정인 것 같다.

마지막으로, 교수님들, MBA 원우님들, 행정실 선생님들, 우리 별밤 가족들 감사합니다. 하늘에서 편안히 쉬시며, 가끔 철없는 손녀가 잘 살고 있는지 걱정돼서 보고 계실 우리 할아버지, 매일같이 밤낮없이 가족들을 위해 기도하고 성경 말씀을 읽으면서 손녀 행복하길 기도해 주시는 내가 제일 사랑하는 우리 할머니, 오빠 같고 친구 같은 우리 아빠, 나에게 세상의 빛을 볼 수 있도록 생명을 선물해 준 어머니, 그리고 나보다 더 어린 시절에 힘들었던 시기에 나를 딸처럼, 동생처럼 보살펴 준 작은 아빠, 고모 모두 감사합니다. 그리고 사랑합니다. 그리고 내 룸메이트이자 내 동생인 반려묘 눈팅이! 13년간 큰 탈 없이 건강하게 커 줘서 너무 고맙고 사랑한다. 앞으로도 건강하자. 그리고 내가 만나 왔고, 만나고 있으며, 앞으로 만나게 될 모든 생명들과 존재들이 항상 건강하고 평안하며 행복하길 기도합니다.

Life is a journey that must be traveled, no matter how difficult the road or the circumstances.

내 사랑 룸메이트 고양이 '눈팅이'

필리핀 세부와 보라카이에서의 즐거운 추억들!

Cebu에서 친구들과 즐거운 모임중

GMBA 수업 마지막 날! 멋진 Daniel 교수님과 함께 찰~칵!

MBA 졸업식, 존경하는 Bryan 교수님과 함께 찰~칵!

봉플은 별밤이 접수 한다!!!

06

CHAPTER

느림보 거북이의 성장 스토리

| 기남균 |

THE CHALLENGE

마부작침, 꾸준함이 곧 나의 힘이다.

◆ 핵심 인재, 그리고 나의 새로운 도전

"숨 크게 들이마시세요~ 숨 참으세요."

흉부 X-ray 검사를 받아 본 사람이라면 한 번쯤 들어 봤을 이 익숙한 멘트. 그렇다. 나는 건강검진 전문 기관에서 일하는 의료기사로서 현재는 15년째 초음파 검사 업무를 하고 있는 방사선사다. 그 누구보다도 높은 직업 만족도를 가지고 즐겁게 일하고 있는 평범한 직장인이기도 하다.

어느 날, 회사에서 새로운 인사 제도를 도입한다고 발표했다. 그것은 바로 '핵심 인재 제도'였다. 이 소식은 단번에 내 관심을 끌었지만 동시에 의문도 들었다. '회사는 이런 핵심 인재들을 만들어서 어떻게 활용하려는 걸까?'

그 당시 나는 묵묵히 내 일만 하던 그저 조용한 성격의 신입 중간관리자에 불과하였기 때문에 이 제도는 열심히 살아온 내 스스로의 역량을 공개적으로 드러낼 수 있는 절호의 기회라고 생각했다. 핵심 인재 선발 지원서를 제출하고 두 차례의 면접 과정을 거쳤다. 최종 임원 면접 전, 떨리는 가슴을 부여잡고 스스로에게 이렇게 다짐했던 게 생각난다.

"나라는 사람을 담백하고 진솔하게 보여 드리자."

일주일 뒤, 나는 최종 선발 소식을 들었다. 그 후, 내 회사 생활은 새로운 전환점을 맞이하기 시작했다. 핵심 인재로 선발된 이후, 나는 처음으로 이사장님 및 회사 임원진들과 식사를 하고 대화를 나누는 영광을 누리게 되었다. 그때 이사장님께서 우리에게 한 말씀이 아직도 생생하다.

"당신들은 이미 각 분야의 전문가들입니다. 앞으로 이 회사의 미래를 이끌어 갈 리더로 성장해 주시길 바랍니다."

그 말씀을 듣는 순간, 내 가슴속에 벅찬 감정이 피어올랐다. '회사의 미래'와 '리더'라는 단어가 내 마음 깊이 와닿았기 때문이다. 이사장님의 말 한마디는 지금까지도 나의 미래, 직업에 대한 애정과 애사심을 불태우는 원동력으로 자리 잡고 있다.

핵심 인재로 선정되며 얻게 된 여러 혜택 중 하나는 바로 대학원 진학 지원이었다. 하지만 여기서 나는 고민에 빠질 수밖에 없었다. 이미 내 전공 분야로 석사와 박사과정을 마친 상태였기 때문이다. "대학원? 또?"라는 생각이 나를 잠시 망설이게 했다. 하지만 이사장님의 말씀을 여러 번 떠올리면서 나의 5년 후, 10년 후의 미래를 그려 보니 내가 핵심 인재로서 나아가야 할 방향을 분명하게 찾을 수 있었다.

내 결론은 MBA였다. 내가 쌓아온 전문성을 넘어, 더 넓은 시각과 경영 마인드를 배우는 것이야말로 나와 회사의 미래를 위해 필요한 일이라고 판단했기 때문이다. 그래서 나는 전남대학교 MBA에 지원서를 제출했고 그렇게 내 인생에서 가장 중요한 도전 중 하나가 시작되었다. 이것이 내가 MBA라는 새로운 여정에 첫발을 내딛게 된 이야기다. 새로운 시작은 항상 용기와 결단을 요구한다. 하지만 그 시작이 내 안의 가능성을 끌어내고, 더 나은 미래를 향한 발판이 될 수 있다면 우리는 그 도전을 두려워할 필요가 없다. MBA는 내게 바로 그런 도전이었다.

MBA는 하는 만큼 얻어 간다

MBA는 단순히 지식을 쌓는 곳이 아니다. 중요한 것은 얼마나 적극적으로 참여하고, 자신을 변화시킬 준비가 되어 있는지에 따라 얻어 가는 결과물이 많이 달라진다는 것이다. MBA 생활을 시작하기 전, 나는 단순히 강의를 듣고 과제를 수행하며 학점을 채우는 일이 전부라고 생각했다. 그러나 실제로 겪어 본 MBA는 내가 투자한 시간과 노력에 따라 그 이상의 것을 돌려주는 무대였다.

수업과 과제, 그리고 배움의 깊이

MBA 과정에서는 매주 이어지는 발표와 과제, 토론이 일상이었다. 동일한 주제임에도 각각의 원우들이 만들어 오는 발표 자료의 수준과 관점은 늘 놀라웠다. 각기 다른 삶의 배경과 경험을 바탕으로 하는 발표 전개와 분석력은 매번 많은 자극을 주었다. 이러한 원우들의 발표를 보는 것만으로도 많은 것을 배울 수 있었고, 내 스스로도 학기를 거듭할수록 자료를 분석하고 발표물을 만드는 데 있어 자신감이 생기고 발표에 여유가 생기는 것을 체감할 수 있었다.

관계와 네트워크의 힘

MBA 생활의 또 다른 중요한 축은 인적 네트워크다. 다양한 직업과 배경을 가진 원우들과의 교류를 통해 새로운 세계를 간접적으로 경험할 수 있었다. 그들이 들려주는 실무 이야기와 조언은 나의 사고방식을 넓혀 주었고, 각자의 전문성에서 나오는 시각의 차이를 배울 좋은 기회가 되어 주었다. 팀 프로젝트와 소모임들을 통해 더 가까워진 원우들과의 교류는 학업 이상의 의미를 가져다주기도 하였다. 특히 밤 10시가 넘어 수업이 끝난 뒤 피곤할 텐데도 아쉬움에 집에 바로 가지 않던 우리 동기들이 기억에 많이 남는다.

　우리들의 만남을 돌이켜 생각해 보면 마치 운명 같았다. 신입생 오리엔테이션 때, 어색함을 가득 안고 저녁 식사를 하던 게 시작이었다. 운명처럼 자석 같은 강한 끌림에 이끌려 매번 삼삼오오 모여 서로서로 일상적인 대화들을 나누고 함께 커피, 치맥, 전남대 운동장 잔디밭에서 파티를 하며, 다음날 출근이라는 사실을 잊게 할 만큼 재미있는 시간들을 많이 가졌다. 주말에 글로벌 친구들 몇 명과 함께 봉사 활동 가고, 크리스마스 파티했던 게 특히 기억에 많이 남는다. 상민호, 구종천, 기남균, 최지성, 김지현, 나중에 많이 친해진 임주한 원우까지 독특하게 성도 모두 다르다. 백과사전 같았던 주한 원우는 먼저 졸업하고 미국으로 떠난다. 나중에 더 멋지게 만날 날을 떠올리며 응원해 드리고 싶다. 그밖에 친해진 원우분들이 많다. 사회생활을 하다 보면 자기 분야의 사람들하고만 관계를 이어오기 마련이다. MBA이기에 이러한 다양한 직종의 사람들을 만날 수 있는 것이다. 이 얼마나 재미있고 소중한 기회인가? 여러 원우분들이 졸업 후에도 이 소중함을 잃지 않고 관계를 이어갈 수 있도록 앞으로 지속적으로 노력해 볼 생각이다.

외국인 친구들과의 만남

전남대 MBA는 Global MBA와 K-MBA로 나누어져 있다. 영어 실력만 된다면 G-MBA 학생들과 같이 수업도 함께 들을 기회의 장이 마련되어 있는 것이다.

영어가 유창하지 않다 보니, 외국인에게 말 한마디 건네는 것도 어려웠지만, 사실 전혀 걱정할 필요가 없었다. 유창하게 한국어를 구사하는 글로벌 친구들이 너무나 많았기 때문이다. "Nice to meet you~" 첫마디 이후로 솔직히 한국어만 사용했던 것 같다.

첫 만남은 넉살 좋은 종천 원우님 덕분에 함께 치킨을 먹으면서 시작되었고 이후, 여러 학교 행사를 통해 함께할 수 있었는데, 1박 2일 워크숍, 크리스마스 파티 등을 같이 했던 게 기억에 남는다. 내가 경험해 본 글로벌 친구들은 유쾌하고 밝다는 공통점이 있었다. 음악이 나오면 주변 눈치를 보지 않고 자연스럽게 몸을 흔들며 춤을 추기도 하고, 우리들의 별거 아닌 농담에 너무나 따뜻하게 호응해 주던 모습들이 많이 생각난다. 몇몇 외국인 친구들과는 현재까지도 종종 밥도 먹고 생일도 챙겨주며 지속적으로 끈끈한 관계를 이어 나가고 있다.

신흥시장 현장실습 in Malaysia

작년, 베트남에 이어 올해는 말레이시아로 3박 5일간의 해외 수업 기회가 주어졌다. 11월 중순, 일 년 중 가장 바쁜 건강검진 성수기라 현지 참여가 불확실했지만, 다행히 현재 본부장님으로 승진하신 팀장님과 센

터장님께서 흔쾌히 허락해 주셨다. 덕분에 여러 원우들과 오랜 시간을 함께하며 친목을 다지고, 현지 외국인 학생들과 어울리며 competition PPT를 만드는 등 색다른 경험도 할 수 있었다. 밤에는 함께 현지 야시장 투어와 술자리를 즐기며 서로를 더 깊이 알아 가는 뜻깊은 시간도 보낼 수 있었다. 모든 것을 세심하게 준비해 주신 학교 행정실과 관계자 여러분께 다시 한번 진심으로 감사드리고 싶다.

◆ 운영진으로서의 활동 경험 소회

총무는 원우들과의 소통 버튼

총무님~! 총무님~! 원우분들이 특정 원우를 자주 찾는다. 왜냐고? 무엇인가를 물어봐야 하는데 물어볼 사람이 없다.

그렇다, 총무는 관제탑의 역할을 해 주어야 한다.

학기 초, OT 수업이 끝나고 집으로 돌아가던 중 문자 하나를 보고 머리를 한 대 얻어맞은 것 같았다. 교수님께서 한 학기 동안 어떻게 수업을 이끌고 갈 것인지 교재, 과목의 핵심적인 내용들을 소개하고, 평가 방식, 출결 규정 등에 대해 조금 전까지 말씀하셨던 내용들이 너무나 일목요연하게 정리되어 있었기 때문이다. "이렇게까지 해야 한다고?" 봄학기 때 입학하여 총무로서 역할을 하던 선임 총무였던 가경 총무의 이 문자 하나는 내가 향후 총무를 하는 내내 가져야 할 기본적인 마음가짐, 행동에 확실한 나침반 역할을 해 주었다.

그러한 마음 덕분이었을까? 이후 개강 파티, 종강 파티, 1박 2일 워크숍, 각종 포럼 및 세미나 등을 주도적으로 주최하고 성공적으로 진행할수 있었다. 관제탑의 역할을 해 주어야 하는 운영진 리더 중 한 명으로서, 이런 마음가짐을 항상 되뇌었던 것 같다.

"어떻게 해야 원우들에게 도움을 줄 수 있을까?"

"어떻게 하면 원우들이 재미있게 MBA 생활을 하고, 다들 친하게 지낼 수 있게 할까?"

운영진 활동을 하면서 얻을 수 있었던 것

누군가 MBA 운영진을 고민한다면, 나는 강력히 추천드리고 싶다. 그이유는 첫째, 원우들과 자연스럽게 친해질 수 있다.

운영진이기에 나서야 하고, 해야만 하는 일들이 있다. 그런 일들을 도맡아 하다 보면, 자연스럽게 여러 원우들과 소통해야 될 일이 생기게 되고, 원우들이 궁금해하는 점들을 먼저 알아봐 주고, 해결해 주기에 원우분들 또한 운영진에 기대며 고마워하는 마음이 생겨 서로서로 연결 고리가 생길 수밖에 없는 것 같다.

둘째, 다양한 MBA 활동을 통해 여러 경험을 쌓을 수 있다.

MBA는 단순히 지식 함양이 목적이 아니다. 여러 다양한 사람들과의 교류, 네트워킹은 MBA의 대명사라고 해도 과언이 아니다. 그리고 일반적으로 논문을 쓰고, 연구를 하는 일반대학원과는 다르게 기업의 성공적인 운영을 위한 실제 사례 등을 배우기 때문에 포럼, 세미나 등의 행사도 많고 단합을 위한 워크숍 등의 많은 활동을 하게 된다. 운영진이기에

이 모든 행사에 적극적으로 참여할 수밖에 없고 이러한 참여는 경험이라는 자양분으로 쌓일 것이다.

셋째, 리더십을 자연스럽게 익힐 수 있다.

개강 파티부터, 1박 2일 워크숍, 포럼 개최 등의 행사를 하기 위해서는 누군가는 나서야 한다. 그 역할을 운영진이 하게 되고, 그 운영진 중에서도 총무 직책을 맡은 사람들이 거의 도맡아 준비하게 된다. 예를 하나 들어보자. 단순히 공부를 열심히 해서 어떠한 자격증을 취득하는 것과 그 자격증을 취득하려는 사람들을 위해 강의를 해 주는 강사로서의 경험은 그 깊이에서 이미 엄청난 차이가 발생한다.

MBA에서도 마찬가지다. 다양한 행사들을 단순히 따라가는 것에 그치지 않고, 직접 계획하고 진행해 본 경험은 추후에 내 인생에서 어떠한 일들을 맞닥뜨렸을 때, 추진하고 해결하는 데 있어 자신감을 불어넣어 줄 것이다. 이처럼 운영진 활동 경험들은 앞으로 내가 한 단계 더 성장을 하는 데 있어 밑거름, 주춧돌이 분명 되어 줄 것이다. 더불어 운영진 활동을 하다 보니 원장님, 부원장님, 학교 행정실과 자연스럽게 소통할 수 있었고, 능력 있는 주변 운영진들의 활동들을 옆에서 보는 것만으로도 내 스스로 어떤 점들이 부족한지 파악할 수 있었고, 많은 것들을 배울 수 있었다. 리더십의 본질은 이렇듯 실제적인 경험에서 나오는 게 아닐까?

◆ **경영학, 낯선 세계로의 첫걸음**

의료라는 익숙한 세계를 떠나 경영학이라는 낯선 영역에 발을 들이는 것은 결코 쉬운 결정이 아니었다. 내가 가진 전문성은 초음파 검사에 국한되어 있었고, 기업 운영이나 재무, 마케팅과 같은 경영 분야와는 거리가 멀었기 때문이다. "과연 내가 잘 해낼 수 있을까?"라는 두려움과 함께, 내가 속한 병원과 조직을 더 깊이 이해하고 발전에 기여할 수 있는 사람이 되고 싶다는 열망이 이 결정을 이끌었다.

첫 강의에 들어가던 날이 아직도 기억난다. 화이트보드에 적힌 단어들은 모두 낯설고, 다른 원우들은 각자의 배경을 바탕으로 질문을 던지거나 토론에 참여하며 능숙하게 수업을 따라가는 것처럼 보였다. 그 모습을 보며 나는 잠시 위축되기도 하였다. 그러나 낯선 지식들을 배우며 느끼는 재미와 희열도 있었다. 그리고 그 속에서 나는 경영학의 새로운 매력을 발견하기 시작했다.

병원의 운영도 결국 경영이다. 병원이라는 조직이 효율적으로 돌아가고 환자들에게 더 나은 서비스를 제공하려면, 경영학적 사고가 필수라는 것을 깨닫게 되었다. 수업에서 배운 조직 관리, 재무 회계, 마케팅 전략 같은 이론들은 단순히 기업에만 적용되는 것이 아니었다. 내가 속한 병원과 의료 시스템에도 그대로 적용할 수 있는 실질적인 도구인 것이다.

특히 몇 가지 기억에 남는 수업들이 있다.

첫째, 전략경영

이 수업을 한마디로 표현하면 '인사이트'라는 단어가 떠오른다. 교수님의 풍부한 사회적 경험과 넓은 관심사는 우리에게 새로운 시각으로 생각하고 접근하는 방법을 가르쳐 주었다. 나는 이 수업에서 반장으로

뽑혀 두 차례의 치킨데이를 주최했는데, 교수님, 원우들과 함께 편안하게 소통하며 돈독한 시간을 가질 수 있었던 것이 특히 기억에 남는다.

둘째, 기술혁신경영

이 수업에서는 기업의 비즈니스 모델 분석을 다루며 비즈니스 트렌드 변화를 이해하는 기회를 얻을 수 있었다. 기업들이 가치 창출을 위해 어떻게 변화하고 있는지를 배웠고, 이를 통해 병원의 수익성과 지속 가능성을 고민하게 되었다. 환자 중심의 서비스를 넘어 병원 운영의 경제적 관점을 추가로 이해하게 된 것이다. 물론, 개념을 이해하는 데 시간이 걸리고, PPT 발표 준비에 쫓기기도 했지만, 지나고 보니 모든 과정이 나에게 깊은 배움으로 남았다.

셋째, 마케팅 전략

"경영은 마케팅에서 시작된다"는 깨달음을 준 과목이었다. 교수님이 자연스럽게 사용하는 생소한 마케팅 용어들은 나에게는 완전히 새로운 세계였다. 처음에는 STP, 4P 같은 기본 개념조차 몰라 별도의 책을 사서 공부해야 했다. 그러나 과제를 수행하며 점차 마케팅 이론이 익숙해졌고, 이를 우리 병원에 어떻게 적용할 수 있을지 고민하기 시작했다. 결과적으로 나의 시야를 한층 넓혀 준 수업이었다.

넷째, 조직행동

조직 내 세대 갈등, 인사평가 오류 등 누구나 겪을 수 있는 조직의 문제를 다룬 수업이었다. 다소 딱딱할 수 있는 주제였지만, 교수님의 생생한 강의법 덕분에 매 수업이 흥미로웠다. 특히 교수님은 학생들의 발표에 부담을 느끼지 않도록 배려하면서도 참여를 적극적으로 독려하셨다. 그 덕분에 수업 분위기가 항상 긍정적이고 활기찼다. 이 수업은 단순히 조직의 이론을 배우는 것을 넘어, 사람을 대하는 방법과 조직을 이끄는 자세를 배울 수 있었던 시간으로 오래 기억에 남을 것 같다.

성장의 첫걸음

MBA라는 도전은 단순히 경영학 지식을 배우는 것 이상이었다. 나는 이 과정에서 낯선 세계를 두려움 없이 탐험할 수 있는 용기를 얻었다. 방사선사로서 검진 서비스 및 검사를 하고 있는 나의 역할은 여전히 중요하다. 이제 경영학이라는 새로운 무기를 통해, 나는 병원과 조직을 더 깊이 이해하고 더 큰 그림을 그릴 수 있는 사람으로 성장하고 싶다.

◆ 마부작침

한 학기만을 남겨 놓은 지금 시점, 나는 계속하여 성장 중이다. 3학기째인 2024년 가을은 당분간 내 인생에 있어 가장 바쁘게 지냈던 시기로 기억될 것 같다. 본업인 회사는 검진 성수기를 맞아 가장 바쁜 시기였고, 대학원의 경우 일주일에 4번씩 퇴근 후, 학교에 가야 하는 상황이었으며, 여기에 박사 학위 논문 쓰는 작업을 추가로 진행하였다. 4살, 5살 왈가닥 아이들을 키우는 가장으로서 이 모든 걸 한 번에 하는 게 가능할까? 하는 걱정이 앞섰지만, 어느 것 하나 포기할 수 없었기에 딱 몇 달만 참고 끝까지 가보자는 마음으로 밀어붙였던 것 같다. 하지만 이 과정은 모두들 예상하듯 결코 쉽지 않았다. 박사 학위 논문은 규정상 5명의 심사위원에게 심사를 받아야 하며 최소 3번 이상의 심사 PT를 준비해야 한다. 나의 경우 실제로 다섯 번, 심사위원분들 앞에 서야 했다.

논문 주제를 지도교수님과 상의하고 논문 초안을 작성 후, 순탄하게 진행될 것 같던 과정들이 본격적인 심사에 들어가게 되면, 여러 심사위원의 의견이 다르기에 많은 지적 사항들이 나오게 된다. 여기서 잘 방어하기란 현실적으로 쉽지 않다. 실험 논문을 준비했던 상황에서 실험 여건이 부족하여 KTX를 타고, 서울을 여러 번 다녀오기도 했다.

이렇게 우여곡절 끝에 마지막 심사까지 겨우 마친 후, 지도 교수님을 비롯한 나머지 심사위원분들 4명의 도장을 모두 받던 날, 그때의 벅찬 감정은 아직도 잊히지가 않는다. "진짜 끝냈구나!", "해냈구나!" 하는 안도감에 너무 기쁜 마음이 컸지만, 한편으로는 그동안 마음고생해서 소심해진 걸까? 서류상에 문제는 없을지 걱정이 앞서 사실 마냥 좋아하지 못한 것 같다. 대학원 행정실에 심사 서류를 제출하고 도장 찍힌 인준서를 인쇄소에 제출하고 나서야 기쁨의 환호를 지를 수 있었다. 이렇게 나의 박사 논문은 끝이 났다. 박사 논문 준비로 최근 3개월 동안은 주말도 반납해 가며 잠도 평균 4시간씩만 자고, 계속 신경이 곤두서 있었던 것 같다. 그 사이에 대학원 과제 발표도 많았고, 체중도 6kg이 빠졌으니 이게 노력의 증표로 기억되지 않을까 생각해 본다. 당분간은 살도 좀 찌우고, 그동안 나 때문에 고생한 아내 옆에서 아이들과 시간을 많이 보내려고 한다. 몇 년 후, 나는 또 어떤 도전을 하고 있으며, 얼마나 성장해 있을까?

◆ 가족에게 전하는 미안함과 감사

대학원에 다니기 시작하면서부터 우리 가족에게 가장 미안했던 점은 함께하는 시간의 절대적 부족이었다. 일주일에 3~4번씩 저녁 시간이 되면 가방을 챙겨 학교로 향해야 했고, 그때마다 저녁 식탁에 나의 빈자리를 남기고 떠나는 것이 마음에 걸렸다. 4살, 5살 딸들, 아내는 나에게 잘 다녀오라며 분명 아무렇지 않은 척했지만, 내가 없는 시간 동안의 빈자리가 얼마나 클지 충분히 가늠할 수 있었다.

가끔 아이들이 "아빠, 오늘도 전남대학교 가요?", "오늘은 안 가면 안 돼요?"라고 물어볼 때마다 웃으며 "오늘도 가야지. 미안해~ 다음에 아빠가 더 많이 놀아 줄게."라고 대답했지만, 그 순간마다 가슴 한편이 아려 왔다. 평소라면 아이들과 놀이터에 가서 그네도 태워 주고, 술래잡기도 하고, 잠자리에서 책도 읽어 주며 하루를 마무리하는 소소한 대화를 나눴을 텐데, 그 시간을 온전히 가족에게 내어 줄 수 없었던 것이 내내 미안했다.

특히, 아내에게 많이 미안하고 고마운 마음이 크다. 내가 공부에 전념

할 수 있도록 저녁 시간은 물론 주말까지도 집안일과 아이들 돌봄을 도맡아 주었으니, 그 헌신이 아니었다면 이 길을 걸어가기가 더 어려웠을 것이다. 내가 힘들어 보일 때 오히려 "힘내. 여보도 힘들겠다. 괜찮아~!" 라고 말해 준 그 말이, 날 흔들리지 않게 해 주었고 마음의 큰 위안이 되었다.

이렇게 가족들과 부족한 시간을 보내면서도 내가 이 길을 가야만 하는 분명한 이유가 있다. 더 나은 미래의 삶을 위해서, 내가 선택한 대학원 생활은 단순히 나만의 꿈을 이루기 위한 도전이 아니라, 앞으로 우리 가족의 더 나은 미래를 위한 준비 과정이라고 믿고 있기 때문이다. 내가 배우고 성장하면 더 넓은 길을 열 수 있고, 그것이 결국 우리 가족 모두를 위한 기반이 될 수 있을 것이다.

이제 학업이 마무리되어 가는 시점에서 가족들에게 꼭 전하고 싶은 말이 있다.

"그동안 나의 부족함과 이기심을 이해해 주고 응원해 줘서 정말 많이 미안하고 고마웠어. 이제 남편으로서 아빠로서 역할도 충실히 해 볼게. 사랑해!"

가족이 있었기에 나는 이 도전을 끝까지 해낼 수 있었고, 지금의 내가 있을 수 있었다. 앞으로는 가족과 더 많은 시간을 함께하며 이 고마움을 하나하나 채워 나가고 싶다.

곰 인형을 특히 좋아하는 나윤이, 간지럼을 잘 타는 장난꾸러기 나은이, 항상 묵묵히 옆에서 지켜봐 주며 진짜 이 시대에 없을 현모양처인 우리 은영에게 이 책을 바칩니다.

2023년 겨울, 글로벌 친구들과 함께한 크리스마스 파티

2023년 가을, 마케팅 전략 사례 발표

2023년 이화영아원 봉사
활동 후 글로벌 친구들과

글로벌 친구들과 함께 치맥 후

2024년 춘계 워크숍 사회

2024년 가을, 수업 끝나고 동기들과 치맥

2024년 춘계 워크숍 풍경

노력의 증표, 박사 학위 결과물

2025년 순천향대학교 박사 학위 수여식,
가족들과 함께

07
CHAPTER

내일의 행복을 위한
오늘의 이야기

김가경

THE CHALLENGE

HAPPINESS IS A PIECE OF CAKE

안녕하세요. 일곱 번째 공동 저자 김가경입니다. 먼저, 우리들의 이야기에 관심을 가져 주시고, 읽어 주셔서 진심으로 감사드립니다.

저는 대한민국에서 나고 자란 29살의 평범한 직장인입니다. 그런 제가 MBA를 통해 1년 반이란 시간 동안 경험한 소박한 이야기를 풀어 보았습니다. 부족한 글솜씨지만, 진심을 담아 한 글자, 한 글자 써 내려갔습니다. 편안한 마음으로 즐겁게 읽어 주시면 감사하겠습니다!

2023년 2월

전남대학교 경영전문대학원에 입학하기까지 2년여의 시간이 걸렸다.

나의 모교인 충북대학교에서 학사 학위를 마칠 때만 해도, 대학원에 진학할 생각은 전혀 없었다. 심지어 전공 교수님의 연구실에서 공부하고 아르바이트를 하면서도, 교수님께는 대학원은 제 길이 아니니 취업을 하겠다고 말씀드렸던 내가 무색할 정도였다.

대학원에 대해 다시 생각하게 된 계기는 나주의 한 원예농협에서 원예지도사로 근무한 지 약 2년이 되었을 때였다. 학사 과정에서 배웠던 지식만으로는 한계에 부딪히는 순간이 찾아왔고, 더 전문적인 공부가 필요하다는 생각이 자연스럽게 들었다.

그리고 2021년 겨울, 지도과 선배로부터 전남대-전북대-경북대학교 협력하에 운영하는 병해충 관리검역 특수대학원을 소개받아 지원하고 면접을 보았으나, 1:3이라는 경쟁률을 뚫지 못하고 탈락했다. 대학원을 진학할 타이밍이 아니었는지, 한 달 뒤에 현재의 회사로 이직하게 되었다. 새 회사는 농작물에 대한 전문적인 지식을 요구하지 않는 곳이었기에, 자연스럽게 대학원에 대한 갈망도 사그라지는 듯했다.

그러나 시간이 지나면서 대학원 진학에 대한 아쉬움이 자꾸 커졌다. 학사 학위로 학업을 마무리하기에는 부족하다는 느낌이 들었다. 그리고, 가정을 꾸리지 않았을 때, 오롯이 나 자신을 위해 시간을 쓸 수 있을 때 석사과정을 마치는 것이 좋겠다는 생각이 들었다.

결심이 서자, 이번에는 전남대학교 농업경제학과 석사과정에 지원했다. 최종 합격까지 했지만, 수업 시간이 맞지 않아 입학을 취소하였고, 2023년 전기 2차 지원으로 경영전문대학원에 입학하게 되었다.

2023년 3월

나의 목표는 조기 졸업이다! 4학기 동안 이수해야 하는 45학점을 3학기로 단축해, 일찍 석사과정을 마치는 것이 계획이다. 한 학기에 12학점이나 15학점이나 큰 차이가 없어 보였고, 등록금 부담도 고려했기 때문이다. 물론 평일 저녁 3일과 토요일 하루 종일 수업을 듣는 일이 그저 쉽지 않을 것이다. 하지만 "이 또한 지나가리라"라는 마음으로 하나씩 해나간다면, 내년 여름에는 학위복을 입고 후련한 마음으로 졸업을 맞이하고 있을 것이다.

같이 입학한 23명의 23학번 동기들을 마음으로 세어 보았다. 첫 직장도, 두 번째 직장도 농협이라 비슷한 분야의 사람들만 만나며 살아온 나는, 최근 우물 안 개구리처럼 느껴지고 있었다. 그러다 MBA에서 다양한 분야에서 종사하고 계신 분들을 만나니 신선하고 새로운 기분이 들었다. 이 기회를 통해 나의 견문이 더욱 넓어지길 기대하고 있다. 다만, 동기분들 대부분이 회사에서 팀장, 부장 등 부서를 이끄는 역할을 맡고 계시고, 비슷한 나이대의 언니, 오빠들은 사업을 하고 있는 경우가 많아, 스스로가 부족해 보여 걱정이 든다. 하지만 이 또한 성장의 과정이라 믿으며, 인생 선배님들로부터 많은 것을 배우고 나의 역량을 키우려고 한다.

2023년 4월

MBTI가 ISTP로 측정될 만큼, 극도로 내향적인 내가, 어쩌다 총무 역할을 맡게 된 걸까?

한두 번 이런저런 정보들을 공유하려고 카카오톡 단체 채팅방을 만들고, 자료를 올린 것뿐인데! 요즘 수강 신청, 출결, 수업자료 다운로드 등이 다 온라인으로 이루어지다 보니, 어르신들께 사용 매뉴얼을 드렸던 것뿐이다. 거기에 출장으로 인해 수업에 참석하지 못하신 분들이 과제를 놓치실까 봐 수업 내용을 요약해 드린 것도 소소한 도움일 뿐이다. 한 번도 해 보지 않은 역할인데, 잘할 수 있을까? 하는 걱정만 앞선다.

일단, 강의실로 배달시켰던 음식이 도착했으니 금지 언니랑 함께 먹고 나서 생각을 좀 해 봐야겠다. 내가 좋아하는 시간 중 하나라서 말이다.

2023년 6월

경영정보시스템 시험을 끝으로 첫 학기가 마무리되었다! 적응하랴,

과제와 시험에 치이느라 여유가 전혀 없었다.

한 학기 돌아보자면, '스마트오퍼레이션' 수업이 가장 벅찼던 것 같다. 3번째 수업에서 자기소개 PPT를 발표한 직후, 곧바로 개인 과제가 주어졌다. 과제는 사업장의 부족한 점을 찾고 개선 방안을 제시하는 '청사진(Blueprint)'이다. 나는 다니던 '피아노 학원'을 대상으로 하여 2주 만에 준비해 발표를 했고, 이후 이 주제가 팀 과제로 선정되어 또 2주일 만에 팀 프로젝트 발표를 했다. 다음 팀 프로젝트가 시작되기 전 미니멀한 발표 과제가 있었지만, 그야말로 잠깐 숨 고르기일 뿐이었다. 결국, 종강 전까지 총 6개의 PPT를 제작하고 발표했다.

5개의 수업 중 가장 스파르타 같았던 이 수업 덕분에, 다음 학기부터는 무슨 과제가 주어져도 해낼 수 있을 것 같은 자신감이 생겼다.

그리고 또 하나, 수업보다 기억에 남는 팀 프로젝트가 있다.

유일하게 나를 제외한 4명의 팀원 모두가 MBA 선배님이었던 '빅데이터 활용' 과제였다. '오렌지툴' 빅데이터 프로그램을 활용해서, 주제를 던지고 분석을 통해 결과를 도출하는 과제이다.

내가 생각하기에 가장 막막했던 팀 프로젝트였다. 많은 양의 데이터를 자체를 구하는 것도 쉽지 않았고, 결과가 잘 나오지 않아 힘겨웠다. 하지만, 마지막 학기이셨던 선배님들의 노련함 덕분에 무사히 결과물을 제출했다. 특히 3학기 & 조기 졸업 & 올 A+로 전설적인 선배님의 중간 발표, 최종 발표는 지금 생각해도 표현력이 감탄스럽다.

+ 2025년에서 덧붙이는 말: 지금도 언니, 오빠랑은 식사를 하면서 인연을 이어 나가고 있다.

첫 학기를 돌아보며 아쉬운 점이 있다면, 총무로서의 역할이 다소 부족했던 것 같다. 물론, 수업과 관련된 공지사항은 잘 챙겼지만 스승의 날 이벤트 외에는 특별한 모임을 만들지 못했다. 원우님들께 조금 송구할 따름이다. 하지만, 우리 원우님들이 '즐겁게 학교생활 하셨으면 좋겠다'는 마음 하나만은 분명하다.

그래도 마지막에 준비한 종강 사탕은 반응이 좋았다.

2023년 7, 8월

눈 깜짝할 새에 여름방학이 지나갔다.

2023년 9월

2학기 다시 시작이다! 15명의 새로운 원우님께서 입학하셔서 더욱 즐거운 한 학기가 될 것 같아 기대가 크다. 더불어 회장님, 부회장님, 나, 이렇게 임원이 3명인데, 10월에 계획되어 있는 MT를 추진하기가 조금 버거웠다. 다행히 새로 오신 원우님 중 두 분께서 부회장과 총무님으로 지원해 주셔서, 더욱 풍성한 행사를 준비할 수 있을 것 같아 든든하다.

눈에 띄는 몇몇 분들이 MBA에 입학하셨다. 3M 회사에 다니시는 분은 말씀을 정말 재치 있게 잘하신다. 사람을 끌어들이는 매력이 있으신 분이다. 그리고 내 첫 회사에서 만난 선배님이 이번 MBA에 입학하셨다. 사람은 정말 언제 어디에서 다시 만날지 모르겠다. 눈에 띄게 키가 크고, 화려하게 예쁜 언니도 있는데 친해지고 싶다.

휴, 드디어 오늘이 왔다. 지난 3주간 부랴부랴 MT 준비를 했는데, 잘 진행될지 걱정이 된다. 더구나 올해 MT는 코로나 이후 처음이자, K-MBA와 G-MBA가 함께하는 최초의 MT이다.

장소는 순창 강천산 일대였는데, 단풍 행락 철이라 숙박이 가장 걱정이었다. 다행히 그 문제는 회장님을 통해 해결할 수 있었다. 회장님과는 의견이 다른 편이라 종종 마찰을 빚기도 하지만, 대내외적인 문제를 항상 잘 해결하시고, 행정실 지원도 잘 받아오셔서 믿게 된다. 총무로서의 내 역할은 전체적인 기획과 예산안, 홍보물 제작, 사진 촬영, 진행 등 여러 가지였다. MBA를 하면서 가장 좋은 점은 PPT를 이용해서 디자인 작업을 할 수 있다는 것이다. 직장에서는 할 일이 많지 않아 아쉬웠는데, MBA에서 발표용 자료를 만들거나 이번 MT 홍보 포스터를 맡을 때 억눌렀던 욕망을 분출하듯, 혼신의 힘을 다해 작업을 했다. 식사 준비는 남균 총무님과 휘진 원우님이 일괄 담당해 주셨다. 30명 이상의 참여자 식사 준비라 쉽지 않으셨을 텐데, 능숙하게 하시는 모습이 백종원 님보다 더 든든하다.

기획했던 팀 프로그램, 최용득 부원장님, 박수훈 교수님과 함께하는 저녁 식사 겸 경품 추첨 등 무사히 모든 활동이 끝났다. 다행히 아무도 다치지 않고, 좋은 추억 가지고 다들 집으로 돌아가셨다. K-MBA 운영진과 G-MBA 대표 송휘진 원우님이 함께한 'MT 어벤져스' 정말 멋졌다!

나는 신흥시장 현장실습 수업을 듣지 못해서 외국 학교 탐방에 참여하지 못했다. 이 일기를 읽는 사람들, 이제 막 MBA를 시작한 사람들은 꼭 신흥시장 현장실습 수업을 듣고, 외국 문화를 탐방해 보기를 바란다. 새로운 문화 교류의 시간도 있지만, 무엇보다 3박 4일 동안 회사 사람들이 아닌, 또래의 친구가 아닌, 다양한 사람들과 함께 시간을 보내며 새벽까지 수업을 듣고, 술을 마시고, 사진을 찍고, 웃을 수 있다. 평생을 간직할 좋은 추억을 자신에게 선물할 기회가 될 것이다.

2023년 12월

출근해서 업무를 보고, 퇴근 후에는 학교 수업을 듣고 발표하고, 다시 남악으로 내려와 과제와 시험공부를 한다. 학기 막바지라 기말고사와 조별 과제, 개인 과제 등 도대체 몇 가지가 겹쳐 있는지 정신이 혼미하다. 학기를 거듭할수록 점점 더 힘들다. 교수님들께서 각성을 하시는 것 같다. 개인 과제 + 팀 과제 + 시험 세 가지를 모두 요구하시는 교수님도 있었다.

이제 가족보다 더 자주 보는 목포 원우님들과는 학교 끝나고 남악으로 내려와 또 만나서 새벽까지 공부하고, 시답잖은 농담을 하면서 잠을 깨운다. 24시간 엔제리너스와 원우님 사무실은 너무 익숙한 풍경이다. 이 사람들 아니었으면 학교생활을 어떻게 버텼을까? 상상도 되지 않는다.

...

마침내 종강을 알리는 '송년의 밤'에서 '올해의 MBA인'으로 선정되었다. 모든 부분이 서툴렀을 텐데도, 이런 좋은 상을 주셔서 감회가 새롭다. 지난 1년 동안 원우님들과 동고동락하며 마음의 성장을 이루었다. 사람의 마음을 헤아리기 어려워 세상을 무미건조하게 살아왔지만, 따뜻한 분들을 정말 많이 만났다. 한 분, 한 분께 진심으로 감사드린다.

2024년 1, 2월

학교를 다니면서 못 만난 지인들과 가족들과 함께 시간을 보냈더니 금방 또 개강이 다가왔다.

2024년 3월

마지막 학기이다. 빨리 졸업하고 싶은 마음과 이 시간들이 너무 아쉬운 마음이 반반이다. 그래서 지난 12월 총무직을 내려놓은 것도 마지막 학교생활을 충분히 즐기면서 하고 싶었기 때문이다. 그리고 총무 역할을 더욱 세심하게 잘하실 분을 찾았다. 우리 기남균 원우님, 잘 부탁드립니다!

2024년 4월

MBA 과정을 수료하면서 예상치 못한 어려움이 하나 있었다. 가족이

나 지인들과 모임 날짜를 조율할 때, 항상 내 수업 시간표에 맞춰야 하는 점이다. 내 학교 스케줄이 우선이 되니 미안한 마음이 들었다. 소개팅을 할 기회도 몇 번 있었지만, 토요일 저녁이나 일요일 점심만 가능해서 그때마다 상대방에게 양해를 구해야 했다.

새로운 인연을 만드는 만큼, 기존의 인연을 유지하는 것이 굉장히 힘들었다. 내가 대학원 과정을 잘 마칠 수 있도록 배려해 주신 모든 분께 감사드린다.

2024년 5월

수업이 밤 10시를 넘어서 끝나서 너무나 피곤하다. 다음날 출근도 해야 하고, 집에 돌아가서도 각종 과제와 시험 때문에 제대로 쉴 틈도 없다. 하지만, 시간을 내서 원우님들과 함께 커피나 차라도 마시며 대화를 나누고는 한다. 이렇게 저녁마다 주말마다 모여 같이 시간을 보낼 기회가 흔치 않기 때문이다.

우리는 때로 전남대학교 운동장 잔디밭에, 카페에, 술집에 앉아 새벽 별이 머리 위에 뜰 때까지 한참 동안 서로의 이야기를 나누었다. 무슨 이야기가 그렇게도 많았는지, 회사와 가정에서는 말하기 어려웠던 인생의 고민을 털어놓을 수 있었다. 새내기들은 지혜를 얻고, 인생 선배님들은 다시금 열정에 불을 붙이곤 했다.

MBA는 참 독특한 공간이다. 다양한 연령대와 직업을 가진 사람들이 모여 있지만, 학교 안에서는 그 누구도 직장인, 사업가, 프리랜서 등의 타이틀로 존재하지 않는다. MBA는 단지 '나' 자신일 뿐이다. '아빠·엄마', '사장님', '사원님' 같은 역할 대신, 그저 자기 자신의 이름으로 서로를 대한다. 그렇기에 마음이 맞는 사람과는 둘도 없는 친구가 되기도 한다. 나 역시 회사 밖에서 만난 인연이 얼마나 귀중한지를 깨닫게 되었다.

MBA에서는 현재 나와 비슷한 고민을 하는 또래와 이미 숱한 어려움을 경험한 인생 선배님들을 한자리에서 만날 수 있다. 그렇기 때문에, 쉬이 오지 않는 이 기회들을 절대로 놓치고 싶지 않다.

2024년 6월

하루 종일 강의 받는 날에는 지쳐서 강의에 집중이 안 될 때가 있었다. 교수님께는 죄송하지만, 그럴 때는 언니, 오빠들과 강의 시간에 단체 채팅방에서 서로 농담을 주고받았는데, 웃음을 참지 못한 적이 한두 번이 아니었다. 동네 장난꾸러기들도 아니고, 점심 메뉴 고르기, 저녁 모임 장소 정하기, 다음 모임 콘셉트 정하기, 어제 수업 후 마신 술로 인한 숙취까지, 그러다 누군가 발표를 하면 사진을 찍어 주기도 하면서 지냈다. 정말 웃다 못해 울기 직전까지 간 적도 있었는데, 그런 추억 덕분에 학교생활 중 가장 즐거운 마지막 학기를 보낼 수 있었다.

2024년 8월

졸업을 앞두고 지난 시간을 되돌아보았을 때 가장 기억에 남는 과제는 최용득 부원장님의 Leadership style self-assessment이다. 리더십 진단 도구들을 활용해 자신의 리더십 스타일을 분석하는 것이다. 다른 무엇보다 이 과제가 생각나는 이유는, 그동안 나 자신에 대해 객관적으로 관찰해 본 경험이 부족하다고 느꼈는데, 보고서를 작성하면서 스스로를 더 잘 이해하게 되었기 때문이다. 그리고 더 나은 사람이 될 수 있는 방향에 대한 제안을 받을 수 있었다. 꽤 오랜 시간 진심을 다해 공들여 제출했던 과제였다.

리더십 진단 도구 중 하나인 '실행자의 실행력에 관한 분석지'를 활용한 결과 '실용적인 실행자'가 채점 결과로 나타난 적이 있는데, 세상을 관망하는 듯한 내 모습을 정확히 꿰뚫어 본 것 같아 부끄러움을 느꼈다. 능동적이거나, 비판적인 판단을 내려야 할 상황에서 더 정확한 행동을 취해야 '모범적인 실행자'로 발돋움할 수 있음을 깨달았다.

16개의 수업을 들으며 했던 개인 과제 23개, 팀 프로젝트 11개, 시험 17개. 어느 하나 소홀함이 없었다.

2024년 10월

지난 1년 반은 일장춘몽(一場春夢)이 아니라, 한 걸음씩 내디디며 쌓아 올린 값진 시간이다. 그리고 시간이 지날수록 MBA를 통해 배운 것들이 몸에 배고 있다. 나에게 MBA는, 성인이 된 후 또 다른 성장을 이루게 된 중요한 계기였다.

첫 번째는, 여러 분야의 사람들을 만나 내가 경험하지 못한 시간을 간접적으로 배우게 되었다. 다음으로 이어질 글을 쓴 박지현 원우는 나와 동갑이지만, 전혀 다른 길을 걸어가고 있어 배울 점이 정말 많은 사람이다. 나는 직장인, 그녀는 사업가이다. 서로 다른 입장을 공유하며, 서로를 이해할 수 있었다.

두 번째는, 천천히 내 의견을 말할 수 있게 되었다. 과거에는 의견 차이를 두려워해서 갈등을 피하거나 관계가 깊어지는 것을 멀리했었다. 지금은 타인의 이야기를 듣고, 의견을 말해 주며 공감해 주려고 노력하고 있다. 내면의 안정을 이뤄 가고 있는 지금 하루하루 소소한 행복을 느끼고 있다.

마지막으로, 팀 프로젝트를 하면서 다양한 관점을 듣고 보는 것이 내 생각의 전환점이 되었다. 덕분에 회사에서 보고서를 작성하거나 발표를 위한 PPT를 만들 때 많은 요령을 얻었다. 굉장히 멋있게 프레젠테이션 하시는 원우님이 계셨는데, 중요한 부분만 강조하시고, 기승전결이 확실하여 청중에 대한 전달력이 뛰어나셨다. 그 모습을 본받으려 노력하니, 처음보다 더 깔끔한 프레젠테이션을 완성할 수 있었다.

따라서 그 누구에게든 MBA 과정을 정말 추천하고 싶다.

2024년 12월

졸업한 지 6개월이 지난 지금, 내 앞에는 수많은 이야기 소재들이 펼쳐져 있다. 1년 반 동안 'MBA 석사과정'이라는 장편 소설에 몰두한 기분이라, 이제는 어떤 이야기를 써야 할지 잘 모르겠다.

위시리스트의 가장 윗자리를 차지했던 '석사 학위 취득'과 '헬스 운동 배우기'는 이미 이루었다. 이제는 새로운 목표를 찾아야 할 때다. 제2외국어를 공부할까? 회계를 더 깊이 파 볼까? 인테리어, 카메라와 포토샵, 블로그 운영 같은 것도 하고 싶다.

지금의 열정과 가능성을 가지고 짧은 단편들을 써 보며, 어떤 작품집을 만들어 볼지 고민하는 중이다. 내일의 행복을 위해 오늘의 이야기들을 차곡차곡 쌓아 보려고 한다.

HAPPINESS A PIECE OF CAKE!

-fin-

From. 김가경

아직도 공부하고, 또 공부하겠다는 딸램에 시집은 언제 갈까 애간장 녹는 엄마, 아빠.

책 쓰느라 함께 고생한 The challenge 팀원들, 오늘도 내일도 적셔! 미미 언니들.

덜 자란 감자 같은 동생을 감싸 준 목포팸 오빠들, 다양한 과제로 다양한 시험에 들게 하신 교수님, 마지막으로 1년 반 동안 함께한 선배, 동기, 후배 원우님들, 응원해 주신 모든 분께.

평범한 MBA는 저리 치우고, 잊을 수 없는 소중한 추억으로 가득 채워 주셔서 정말 감사합니다♡

공부도, 과제도, 웃음도 함께했던
MBA 금지 언니

아이디어를 현실로, 프로젝트 발표

나, 정말 열심히 했다

졸업의 기쁨(with 구느님)

08
CHAPTER

초보 사업가의 성장통,
MBA로 다시 그리는 미래

박지현

THE CHALLENGE

끈, 끼, 꾀, 깡, 꿈

"무슨 일을 하세요?"

"스터디카페 가맹본부를 운영했고, IT 회사도 하고 있어요."

"우와, 소프트웨어를 전공하셨나 봐요?"

"아니요, 전공은 고고학이에요. 유물을 발굴하는 학문이요."

"고고학 전공이셨군요! 그런데 어떻게 스터디카페와 IT를…?"

새로운 사람을 만날 때마다 어김없이 반복되는 질문이다. 나이도 어린 내가, 그것도 고고학이라는 전공과 전혀 연관성이 없어 보이는 스터디카페와 IT 사업을 한다고 하면 대부분 놀란다. 그들의 놀라움 뒤에는 전공과 무관한 도전이 어떻게 가능했는지, 또 전문성 없이도 사업을 어떻게 시작했는지에 대한 궁금증이 내포돼 있다.

어릴 때부터 나는 역사와 고고학을 좋아해서 학예사가 되는 것이 꿈이었다. 대학 합격 소식을 들었을 때를 인생 통틀어 가장 기뻤던 순간으로 기억할 정도로 전공과 학교를 좋아한다. 하지만 대학에서 공부를 하다 보니, 고고학 공부가 내게는 단순히 글자를 외우는 작업처럼 느껴졌다. 새로운 지식을 넓게 배우는 것을 좋아하는 내게 고고학은 직업으로 삼기에는 어려운 분야로 다가왔다. 당연히 성적도 좋지 않아서 다른 학생들과 경쟁해서 이길 수 없다는 판단을 했다. 결국 '흥미와 잘하는 것은 다르다'는 깨달음으로 이어졌고, 전공을 진로로 삼지 않기로 결심했다.

21세 무렵부터 진로에 대한 고민이 깊어졌지만 혼자 아무리 생각해 봐도 답이 떠오르지 않았다. 당시 어머니가 건강이 좋지 않으셨고, 아버지는 타지에서 일을 하셔야 해서 진로에 대해 탐색도 할 겸 22세에 휴학을 결정했다.

그때 문득 떠오른 것이 내 고등학교 시절이었다. 야간자율학습이 끝나면 집 근처 낙후된 독서실 대신 버스를 타고 다른 동네 독서실을 이용했던 기억이었다. 좋은 시설의 독서실에 대한 수요를 떠올리며 검색을 통해 '스터디카페'를 알게 되었다.

나는 너무 조용하고 막혀 있는 공간보다는 카페처럼 탁 트여 있고 예쁜 인테리어에 어느 정도 소음이 있는, 분위기 있는 공간에서 공부하면 집중이 잘된다. 그리고 당시에는 카페에 가면 공부하는 학생들을 심심찮게 볼 수 있었다. 소위 '카공족'이 뉴스에도 나올 만큼 카페 운영자와 카페 손님들 사이에서 이슈가 됐던 상황이었다. 당시 광주광역시에 스터디카페는 한 군데 정도만 있었을 정도로 완전히 초기 시장이었기 때문에 가능성이 충분해 보였다. 시장 조사를 위해 스터디카페가 몇 군데 있는 서울에 다녀 보니, 스터디 '카페'인데 기대하는 이미지와 다르게 너무나 독서실 같았고, 운영 시스템도 불편했다. 그래서 틈새를 공략해 나처럼 카페 같은 공간에서 공부하는 것을 좋아하는 사람들을 위한 니즈를 충족할 수 있는 공간을 브랜딩해서 만들면 잘될 것이라는 확신이 들었다.

◆ **프랜차이즈를 염두에 둔 스터디카페 1호점의 성공**

스터디카페를 구상하며 분명히 성공할 것이라는 확신이 들었다. 처음부터 프랜차이즈화를 염두에 두고 시작했기 때문에 1호점을 성공적으로

운영하는 것이 중요했다. 이를 위해 네 가지 핵심 요소에 집중했다.

운영 편의성

- 키오스크 도입

당시 키오스크가 흔하지 않았고, 스터디카페 전용 프로그램 또한 없었다. 그래서 큰 비용을 들여 외주 개발을 맡기고, 우리만의 프로그램을 만들었다. 사업화 지원사업에 도전해서 1차에 선정되었지만, 2차 본선에 선정될지 미지수였다. 선정된다고 하더라도 개발 일정에 비해 자금 들어오는 시기도 너무 늦어서 빨리 오픈해서 돈을 벌면 그만이라는 생각에 불확실한 일이었던 지원사업은 결국 포기하고 자체 자금으로 진행했다.

- CS 최소화

무인 운영을 목표로 카카오톡 플러스친구(현재 카카오톡 채널)를 활용해 고객 응대를 최소화했다. 주 고객층인 10~20대는 손가락으로 버튼을 누르는 것만으로 배달, 대화 등이 해결되는 게 너무나 당연하다 보니, 전화는 어색하기도 하고 두려움의 대상이 되는 경우를 심심찮게 볼 수 있다. 나도 그런 성향이었기 때문에 전화 대신 카톡으로 응대하는 게 서로에게 더 편리할 거라고 판단했다. 또한 여러 명의 관리자 중 카톡이 온 걸 가장 빨리 본 사람이 응대를 할 수 있어 CS에 매우 적합한 툴이라고 판단했다.

공간과 브랜딩

스터디카페는 공간의 매력에서 시작된다. 여러 테마의 카페 인테리어가 있지만, 그중에서 밝은 화이트와 우드 톤을 활용해 따뜻하면서도 집중력을 높일 수 있는 분위기를 연출했다. 그리고 다양한 스타일의 좌석을 마련해 공부하기에 최적화된 공간을 만들었다. 브랜드 이름은 발음이 쉬우면서도 세련된 이미지를 전달할 수 있도록 신중히 선택했다.

마케팅

스터디카페라는 업종 자체가 생소했던 시기였다. 그래서 지역 주민들에게 업종을 알리는 일이 중요했다. 홍보 초반, 입지가 좋지 않다는 한계를 극복하기 위해 근처 고등학교와 대학교를 직접 찾아가 체험 쿠폰을 배부했다. 또 건물 1층에 부스를 마련해 꽝 없는 뽑기 이벤트를 진행하며 고객층을 확보했다. 효과는 즉시 나타나진 않았지만, 꾸준한 노력 끝에 고객층이 점점 늘어갔다.

고객 소통

비대면으로 응대를 했지만, 무엇보다도 고객의 목소리를 듣는 데 집중했다. 고객들이 불편을 말하기 전에 문제를 캐치하고 개선하려는 노력은 고객 신뢰를 쌓는 데 결정적이었다. 결국 입소문이 퍼지며 1호점은 시험 기간에 만석이 될 정도로 성황을 이뤘다. 105평이라는 넓은 공간이 부족할 정도로 고객이 몰렸고, 매일 줄 서서 기다리는 고객의 불편을 해결하기 위해 인근에 새로운 매장을 추가로 열 만큼 성장했다.

1호점의 성공은 나에게 단순한 사업적 성과 이상의 의미였다. 처음부터 끝까지 직접 계획하고 실행했으며, 가족들과의 협력으로 이뤄 낸 결과였다.

텅 비어 있던 공간을 가득 채운 것은 단순히 돈을 벌겠다는 목적의 책상과 의자뿐만 아니라, 고객의 니즈를 채우겠다는 열정과 창의적인 실행이었다. 1호점에서의 경험은 '나는 성공할 수 있는 사람이다.'라는 자신감을 주었고, 나의 모든 도전에 든든한 기반이 되어 주었다.

◆ 2018년, 가맹 사업 시작

이듬해인 2018년에 바로 가맹 사업을 시작했다. 스터디카페는 무인으로 운영하면서도 높은 수익성을 보였고, 다양한 운영 노하우를 가맹점 사장님들에게 전수할 수 있다는 확신이 있었다.

가맹 본부 설립과 함께 일이 눈덩이처럼 불어났지만, 학업을 포기할 수는 없었다. 내가 다니던 학교는 학창 시절부터 꿈꾸던 곳이었고, 전공역시 언젠가 활용하고 싶다는 마음이 있었기 때문이다. 그러나 학업과 업무를 병행한다는 것은 생각만큼 쉬운 일이 아니었다. 당시 휴학 기간이 얼마 남지 않아 복학을 미룰 수도 없었다. 이때 내 고민을 가장 가까이에서 지켜본 동생이 먼저 손을 내밀어 주었다. 동생은 자신의 휴학을 감수하며 가맹 본부 운영을 함께하기로 했다. 동생의 지원 덕분에 나는 한결 가벼운 마음으로 복학을 결심할 수 있었다.

역시 복학은 새로운 도전이었다. 학교는 타지에 있었고, 편도만 4시간이 걸리는 대중교통은 학업과 업무를 병행하는 데 큰 걸림돌이었다. 그래서 이동 시간을 절약하기 위해 운전을 배우기로 결심했고, 덕분에 편도 2시간으로 시간을 줄일 수 있었다.

그럼에도 불구하고 하루하루가 전쟁 같았다. 타지에 있는 공사 현장을 확인하고, 수업 시간에 맞춰 학교로 달려가고, 수업이 끝나면 또 집으로 2시간을 운전해서 가는 걸 매주 하니 힘든 건 당연했다. 그 사이에 마지막 학기는 학교를 거의 안 가도 되도록 만들기 위해 계절학기를 통해 학점을 꾸역꾸역 채우며 졸업을 준비했다. '어차피 할 계절학기라면 즐기자.'라는 생각으로 내가 대학생이 아니면 앞으로 살면서 절대 안 해 볼 도전을 하고 싶어서 한국예술종합학교의 연기과를 선택했고, 스스로를 마음껏 표현하게 해 주는 수업에 감동을 느끼며 만족스럽게 다니기도 했다.

너무 힘들었지만 순간순간에 만족했고 시간이 부족하다는 핑계를 대기보다, 그 안에서 최선을 다해 몰입하며 살았다.

◆ 2021년 IT 회사 설립과 MBA 진학을 결심하기까지

여러 스터디카페 가맹점을 운영하면서 나는 데이터 기반 의사결정이 사업 성공의 중요한 열쇠임을 깨달았다. 단순히 감에 의존하거나 경험만으로 판단할 수 없는 영역들이 있었다. 특히 초보 창업자나 서비스업 경험이 없는 가맹점 사장님들에게는 데이터를 활용한 마케팅과 운영 노하우가 절실하다.

예를 들어, 홍보비를 책정할 때 어떤 플랫폼에 얼마를 투자해야 가장 효과적일지 판단하려면 명확한 데이터가 필요했다. 하지만 당시 사용하던 키오스크 프로그램은 데이터 수집과 분석에 한계가 있었다. 그리고 운영에 필요한 세부 기능들은 외주 개발업체들이 그때그때 대응해 주기 어렵기 때문에 제약이 많았다.

2017년 첫 외주 개발자와 키오스크 프로그램을 만들 때, 개발 과정에서 알지 못했던 용어들을 하나하나 물어 가며 배웠다. 그렇게 3번의 프로그램 개발을 거치면서 점점 이 일이 흥미로워서 '이 분야라면 오래도록 즐겁게 일할 수 있겠다'는 마음이 싹텄다.

결국 2021년, 나는 IT 회사를 설립하고 스터디카페 전용 프로그램을 자체 개발하기 시작했다. 단순히 매장 운영의 효율성을 높이는 것을 넘어, 매출 향상에 실질적인 도움을 줄 수 있는 데이터 분석과 의사결정 지원 시스템을 만드는 것이 목표였다.

이 과정에서 고민이 있었다.

"스터디카페 매출을 어떻게 하면 더 올릴 수 있을까?"

이 질문에 대한 답을 찾기 위해 고객들을 더 깊이 이해하려 노력했다. 특히 학생들이 자기 주도 학습 습관을 잡는 데 어려움을 느낀다는 점에 주목했다. 그래서 스터디카페에서 사용할 수 있는 'AI 자기 주도 학습 솔루션'을 기획했다.

2023년, 스스로 학습 습관을 정립하기 어려운 학생들과 취업준비생들을 돕기 위해 솔루션 개발에 착수했다. 다행히 '초기창업패키지' 지원

사업에 높은 경쟁률을 뚫고 선정되어 정부 지원금을 받았다. 해당 지원 사업을 수행하면서 주관기관인 광주창조경제혁신센터에서 참석 요청을 했던 프로그램이 가장 도움 되었다. 네트워킹 행사, 해외 시장 탐방, 창업 박람회 참가, IR(회사소개자료) 대회 등 모든 프로그램에 참가했다. 여러 활동을 하다 보니 지원사업에 선정되거나 투자를 받는 등 사업성을 인정받고 자금 조달을 한 다른 기업들의 사업계획서나 IR을 살펴볼 기회가 있었는데, 관련 전공을 보유한 대표들이 운영하는 회사가 성장에 유리하다는 점을 알 수 있었다. 그리고 하고 있는 업종을 이야기하면 항상 전공을 물어봤던 일들도 연결 지어졌다. 그래서 전문성을 입증하기 위한 학위가 필요하다고 느꼈다.

그런데 사업을 성공시키기 위해서는 기술 전문성도 물론 중요하지만, 어떻게 사업을 전개해 나갈지 앞을 내다보고 회사의 모습을 만들어 나갈 수 있는 경영 지식이 더 필요하다고 생각한다.

기술적인 부분은 전문가를 통해 보완할 수 있었지만, 특히 사업 초기의 경우 경영에 대한 통찰력과 전략적 사고는 타인이 정해 주기 어려운 것이어서 직접 갖춰야 하기 때문이다. 특히 스터디카페도 함께 운영하고 있기 때문에 MBA는 매출 향상 및 조직 구조 관리, 전략경영 등 고민을 해결하기 위한 선택이었다.

MBA를 통해 경영 전문성을 강화하고, 사업을 더 체계적으로 운영하기 위해 알아보다가 추가모집 공고를 보고 지원했고, 다행히 시기를 놓치지 않고 24학년도 전기에 입학했다.

자기소개서 작성과 면접

MBA 입학을 위해 자기소개서를 작성하고 면접을 봤다. 면접에서는 지원 동기, 사업과 학업 병행 가능성 등에 대해 묻는 질문이 있었다. 마지막으로 하고 싶은 말을 묻자 "국내뿐만 아니라 해외에도 진출할 것이고, 저처럼 사업을 하면서 어려움을 겪을 청년들과 우리 지역사회의 발전에 도움이 되고 싶으니 MBA에서 도와주시면 감사하겠다."고 말했다. 다행히 면접 점수가 높아 등록금의 반액을 장학금으로 받고 입학했다. 학부와는 다르게 대학원은 전체 장학금이 없고, 반액 장학금이 가장 큰 혜택이다. 생각지도 못한 최대 금액 장학금에 감사했고, 더 열심히 살아야겠다는 마음이 들었다.

45학점의 도전, 그리고 배움의 여정

MBA 과정은 총 45학점을 이수해야 한다. 보통 4학기로 졸업하지만, 나는 3학기 안에 끝내기로 결심했다. 한 학기에 15학점을 듣는 것이 쉽지 않다는 주변의 걱정에도, '던져 놓으면 미래의 내가 알아서 하겠지' 하는 마음으로 도전했다.

전남대 MBA에는 네 가지 트랙(일반, MOT, 재무회계, 빅데이터)이 있다. MOT(기술경영) 트랙을 희망했지만, 신청 인원이 부족해 빅데이터 트랙을 선택했다. 데이터를 활용한 의사결정은 내 사업에 꼭 필요한 능력이었기에, 결과적으로는 훌륭한 선택이었다. 평일에는 세 과목, 토요일에는 두 과목을 수강하며 학업과 사업을 병행하는 일상이 이어졌다.

지금까지 이수한 과목들은 다양한 배움을 안겨 주었다. 1학기에는 조직행동, 서비스마케팅, 재무회계와 빅데이터, 리더십, 경영컨설팅을, 2학기에는 소비자행동, 전자상거래관리, 신흥시장 현장실습, 빅데이터와 사회적 혁신을 수강했다.

특히 2학기의 조별 과제는 실전에 가까웠다. 사업계획서를 작성하거나 데이터를 통해 사회적 문제를 해결하는 등 도전적인 과제들은 내 사고의 폭을 넓혀 주었다.

- 전자상거래 과목

전자상거래 수업에서는 팀별로 사업모델을 선정해서 사업계획서를 작성하고 발표했다. 우리 팀은 내가 운영하고 있는 회사의 서비스 모델을 주제로 삼았다. 심사를 맡은 분은 실제 투자사를 운영하고 있는 VC로, 실질적인 피드백을 받을 기회여서 설레기도 하고 긴장되기도 했다.

처음에는 내 아이템으로 준비하면 무난하게 발표 준비를 할 수 있을 거라고 생각했지만, 교수님이나 다른 원우님들에게 설명을 하는 과정에서 여러 번 타깃 고객과 서비스의 필요성을 더 설득력 있게 연결해야 한다는 지적을 받았다. 열심히 발표했는데 필요성에 대해 묻는 질문을 받는다면 그 뒤 내용인 판매 전략이나 성장 전략이 와닿지 않을 것이 분명했다. 그래서 여러 통계 자료나 설문 자료, 학생들의 학습 문화의 변화를 볼 수 있는 자료 등을 제시하였다. 서비스와 타깃 고객의 연결점을 이해시킴으로써 사업모델을 더 명확히 설명하는 방향으로 초점을 맞춘 것이다. 사업계획서를 가상의 사업으로 작성하라고 하셨기 때문에 사업성 있는 아이템이라는 걸 어필하기 위해 통상적으로 제시하는 기존 성과 및 숫자를 구체적으로 제시하지 않았다. 그래서 오히려 사업모델을 중심으로 스토리에 집중함으로써 상대방을 설득하기 위한 사업계획서 내용 구성 방법에 대해 배우는 계기가 됐다. 아무도 필요성에 대한 질문을 하지 않았으며, 오히려 사업성 있다며 잘해 보라는 평가를 받고 성적도 최상으로 나와서 무엇보다 뿌듯함을 느낀 수업이었다.

- 빅데이터와 사회적 혁신

과목 이름이 매력적이지 않은가. 정보가 곧 돈인 시대에 데이터를 기반으로 사업성 판단, 마케팅 방향 등 의사결정을 하는 데 필요한 과정을 배우고 싶어서 꼭 수강하고 싶은 과목이었다. 오렌지툴을 사용하여 데이터를 손쉽게 분석하고 예측했는데, 필요한 데이터를 어떻게 구별 및 수집하고 결론을 도출하는지 전 과정을 배울 수 있기 때문에 매주 수업 시간이 기다려졌다. 예제로 실제 사고 현장 탑승 명단을 주고 생존 여부를 예측하는 활동과 폐질환 진단 등을 해 보았다. 정답을 주고 학습시킨 다음 문제를 주고 답을 예측하게 했는데 90% 이상의 정확도로 예측했다. 데이터 분석은 마치 복잡한 퍼즐처럼 어렵게 느껴졌었는데, 처음 분석 결과를 마주했을 때, 마치 보물을 얻은 것처럼 기뻤다.

조별 과제는 빅데이터를 활용해 사회적 문제를 해결할 수 있는 주제를 선정하여 오렌지툴로 분석 후 발표하는 것이었다. 우리 조는 외식업 운영자들이 많아 외식업 관련 주제를 선택했다.

외식업과 어떤 사회적 문제를 연결할까 고민하다가 교수님이 수업 중 틀어 주신 리어카 끄는 노인 영상을 떠올렸다. 해당 영상에서는 리어카에 추적 장치를 달아 두고 노인들의 활동 범위, 시간 등 여러 데이터를 측정하여 분석한다. 지자체에서 식사를 제공하지만 식사 시간에 일을 해야 폐지를 더 수거할 수 있어서 제시간에 식사를 안 하시고 때를 놓친다는 내용도 있었다. 식당에서 식사하기 위해서는 하루 만 원 정도는 필요한데, 금액이 하루 벌이보다 많아서 끼니를 때울 수 없다고도 했다. 식사를 제때 하지 못하고 부실한 식단으로 계속 살아간다면 질병에 노출되어 사회적 비용이 발생하므로 우리는 그들의 문제를 밀키트로 해결해 보자는 내용을 주제로 결정했다.

그런데 역시 데이터를 구하는 것이 문제였다. 설문에 답변한 개인별 답변을 가지고 밀키트 구매 여부를 판단해야 하는데, 보통은 설문 조사 결과를 통계로 제시하는 자료만 공개되어 있기 때문이다. 그래서 설문에 대한 개인별 답변을 정보공개청구를 통해 얻었다. 그리고 필요하지 않은 속성은 제거하고 나이나 소득 수준과 같은 숫자는 레벨별로 분류하여 정제하고 밀키트 구매 여부를 예측해서 구매 의사에 영향을 미치는 요인을 분석했다. 해당 결과를 통해 어떤 계층에게는 판매하고, 어떤 계층에게는 식사 복지를 어떻게 해 주면 좋을지 판단할 수 있었다.

위 과정을 통해 데이터 기반으로 의사결정을 내리는 경험을 쌓았고, 교수님은 이 과정을 '구석기를 사용하는 사람에서 철기를 사용하는 사람으로의 도약'에 비유했다. 앞으로도 데이터 기반으로 아이디어를 도출하고 의사결정을 할 수 있다는 생각에 앞으로가 기대된다.

◆ 사막 속 오아시스, MBA에서 만난 사람들

총무 역할, 공동체 정신을 배우다

MBA 생활에서 수업 외에도 배울 점은 많았다. 특히 네트워킹은 그 중에서도 가장 큰 자산이었다. 그래서 OT 행사에서 총무 제의를 받았을 때, 주저하지 않고 맡기로 했다. 총무 역할은 다른 원우들과 더 빠르게 친해질 기회로 느껴졌고, 대학 시절 총학생회와 과 학생회를 경험한 나로선 비교적 익숙한 일이었다.

그러나 예상했던 것보다 세부적인 일이 많아 놀랐다. 위 학번 총무님은 학기 초 OT 때부터 수업 내용을 정리해 단톡방에 공유하고, 과제 및 시험 일정을 정리해 공지하며, 시험 전에는 요약본까지 제공했다. '이걸 꼭 이렇게까지 해야 하나?'라는 생각이 들 정도로 꼼꼼했다. 대학생 때는 이런 것은 각자 알아서 하는 것이었고, 챙기지 못하면 본인의 책임이었다. 하지만 여기서는 다르다는 걸 알았다. 원우님들은 직장과 학업을 병행하며 시간과 에너지가 부족한 경우가 많았고, 어려운 상황의 다수를 순수한 선의로 돕는 것이었다. 경쟁보다는 함께 잘되길 바라는 공동체 정신이다.

그 마음에 공감하고 각자 삶으로 바쁜 원우님들의 안내자로서 봉사하는 마음으로 행사의 수요 조사, 행사 진행, 과목별 중요 내용 정리 및 공지를 수행했다. 그리고 각종 개강 파티, 종강 파티, 각종 포럼 등 행사에 빠지지 않고 참여했다. 자연스레 원우님들과 가까워졌고, 처음엔 부담스러웠던 일이 점점 즐거움으로 바뀌었다. 특히 사적인 모임까지 가지며 다양한 분야의 사람들과 교류하던 시간들은 마치 사막 같은 내 일상에 오아시스처럼 다가왔다. 다양한 배경의 사람들과 나눈 대화는 새로운 인사이트를 제공했고, 내 사고를 더욱 풍부하게 만들어 주었다.

MBA 포럼에서의 강연, 나를 돌아보는 시간

포럼 행사에서는 어린 나이에 사업을 시작해 프랜차이즈와 IT 회사를 운영하고 있는 내 경험이 궁금하다며 강의를 요청받았다. MBA 원우님들은 대부분 각자의 분야에서 성공적인 커리어를 쌓아 온 분들이라, 그들 앞에서 내가 대단한 경험이나 노하우를 가진 것처럼 이야기하는 것이 부담스러웠다. 하지만 누군가는 해야 할 일이고, 앞으로도 발표와 강연이 많을 것이라는 점에서 좋은 기회라는 생각이 들어 자신감을 갖고 도전해 보기로 했다.

스터디카페를 시작했던 계기와 프랜차이즈 회사를 운영하며 얻은 교훈, IT 회사 설립 과정과 앞으로의 비전을 중심으로 강연을 구성했다. 발표를 준비하며 내가 걸어온 길을 다시 돌아보니 초심도 생각나고, 그동안 겪었던 일들이 파노라마처럼 뇌리를 스쳤다. 발표를 마치고 나니 아쉬움도 있었다. 하지만 이뤄 내고자 하는 가치를 여러 사람 앞에서 발표함으로써 더 명확하게 의지를 다질 수 있었고, 나의 경험이 다른 사람들에게도 의미 있는 메시지를 전달할 수 있다는 점에서 뿌듯했다. 이번 경험을 계기로 발표 능력을 더 키우고 싶다는 다짐도 했다.

교류와 피드백, 새로운 시각을 열다

입학 초기에는 직장인이 많은 원우 구성에 '왜 직장인들이 MBA에 오는 걸까?' 하는 의아함을 느꼈다. 하지만 대화를 나누며, 그들 대부분이 조직관리와 경영에 대한 고민을 해결하고자 한다는 것을 알게 되었다. 원우님들의 과제 발표를 통해 타기업과 공기업이 조직을 관리하고 전략적으로 경영하는 생생한 사례를 들을 수 있었고, 이는 조직관리에 대한 시야를 확장하고 새로운 통찰을 얻는 계기가 되었다.

MBA에 다니다 보면 서로의 비즈니스에 대해 피드백을 주고받는 시간을 가질 수도 있다. 외식업의 경우는 직접 매장을 방문해 음식을 먹어 보고 피드백을 주기도 한다. 어떤 업종을 영위하든 사업의 기본 포맷은 크게 다르지 않다고 생각한다. 그래서 다른 업종에서 사용하는 마케팅이나 운영 방식을 내 업종에 접목하는 것이 생각보다 큰 도움이 될 수 있다. 이런 피드백과 교류는 비즈니스에 큰 자극이 되었고, 문제를 새로운 시각으로 바라보는 데도 도움이 됐다.

교수님들은 항상 MBA 원우들에게 어떻게 하면 도움이 되게 운영을 할지 고민하시고 이야기를 들으려고 하신다. 그래서 사업적으로 고민이 많았던 시기에는 교수님께 면담을 요청하기도 했다. 내가 필요로 하는 것들을 얻기 위해서는 어떤 준비를 하는 게 좋을지 방향을 제시해 주셨다. 그리고 '사회적 책임을 다하는 기업'에 대해 말씀하셨다. 교수님 본인이 창업한다면 그런 방향으로 회사를 이끌 것이라고도 하셨다. 기업을 영위하면서 내가 이루고 싶은 가치도 결국에는 사회에 도움이 되는 기업이기 때문에 본질적인 가치와 방향성에 대해 한 번 더 고민하게 됐다. 또한, 어려움이 있을 때마다 여러 사람에게 고민을 공유하고 지혜를 빌리는 것이 얼마나 중요한지 느꼈다. 교수님, 동료 원우님들에게서 얻은 통찰은 사업에 뼈와 살이 될 것이다.

◆ 마무리하며: 성장통을 넘어 비전으로

고고학을 전공했던 나는 스터디카페와 IT라는 전혀 다른 분야에 도전하며 두려움과 시행착오를 반복했다. 손님이 거의 없던 날의 불안함, 첫 손님이 들어오던 날의 설렘, 예상치 못한 문제를 해결하며 얻은 성취감은 나를 더 강하게 만들어 주었다.

스터디카페를 운영하며 고객의 필요를 이해하는 법을 배웠고, IT 사업을 세팅하는 과정에서는 경영 지식의 중요성을 절실히 느꼈다. 이 모든 경험은 나에게 끊임없이 '더 나은 방향은 무엇일까?'라는 질문을 던지게 했다. 그 답을 찾기 위해 도전한 MBA는 나의 성장통을 치유하고, 새로운 미래를 설계하는 든든한 나침반이 되어 주었다.

혹시 MBA에 도전할지 고민하고 있다면, 망설이지 말고 도전하길 바란다. 비용이 걱정이라면 국가장학금 제도를 활용해 학자금과 생활비 대출을 저리로 받을 수 있다는 점도 참고하길 바란다. 나에게 MBA는 단순한 학위 이상의 가치를 주었다. 넘어지는 만큼 다시 일어서는 법을 배우게 해 줬고, 더 큰 비전을 품을 수 있는 용기를 심어 주었다.

이 자리를 빌려 여기까지 버틸 수 있게 도와준 모든 분께 감사 인사를 전하고 싶다. 항상 믿어 주신 부모님, 부족하지만 늘 격려와 응원을 아끼지 않으신 MBA 교직원분들, MBA 임원진, 그리고 따뜻한 말과 도움으로 큰 힘이 되어 주신 원우님들께 깊은 감사를 드린다. 또한, 초기창업패키지 동료 대표님들, 광주창조경제혁신센터, 함께 일하는 회사 식구들, 그리고 젊은이가 사업한다고 아낌없이 조언을 주신 많은 분까지. 이들의 지지와 응원이 없었다면 지금의 나는 없었을 것이다.

끝으로 내 인생 첫 책을 출간하도록 기회를 주신 The challenge 멤버들에게도 깊은 감사의 말씀을 드리고 싶다.

앞으로도 감사한 마음을 가슴 깊이 간직하며, 좋은 사람들과 함께 더 크고 분명한 비전을 향해 한 걸음씩 나아가고자 한다. 더 나은 세상을 만드는 데 작은 힘이라도 보탤 수 있기를 바라며, 이 글을 읽는 당신의 앞날에도 따뜻한 행운과 빛나는 미래가 가득하길 진심으로 기원한다.

IR 발표

창업 강의

창업 멘토링

제품 시장 검증 행사

말레이시아 신흥시장 탐방

학생회 활동: 선배들 졸업식 축하

09

CHAPTER

MBA 렌즈로
50의 경영철학을 재정의하다

| 이승미 |

THE CHALLENGE

징비하며 성장하는 삶
과거의 경험에서 배우고, 현재를 반성하며,
다시 미래를 그리다.

2024년, 나는 50이 다 된 나이에 30년 만에 전남대학교 교정을 다시 밟았다. 학부 시절과는 전혀 다른 분야지만, 남편의 강력한 권유로 내 삶의 절반과 맞닿아 있는 MBA 과정에 입학하게 되었다. 나의 주도적인 결정은 아니었을지라도 이 결정은 지금 돌이켜보면, 내 인생의 터닝 포인트였다고 자신 있게 말할 수 있을 것 같다.

돌이켜보면, 내 삶은 예측 불가능한 변화의 연속이었다. 2001년 11월 끝자락에, 나는 지금의 남편의 성화에 못 이겨 서둘러 결혼을 했고, 서울로 상경해 고시 2차 준비에 몰두했었다. 그러나 운명은 나를 다른 길로 인도했다. 독감이 악화되어 만성 폐렴으로 생사의 갈림길에 섰던 그 시기, 나의 인생의 방향은 자의 반 타의 반 크게 바뀌게 되었다.

2002년 봄, 광주로 내려와 요양을 하던 중, 나는 인생의 새로운 국면을 맞이했다. 유난히 뜨거웠던 그해 여름, 대한민국이 월드컵 4강 신화를 쓰던 그 열기 속에서, 나는 남편의 회사에 합류하게 되었다. 처음에는 부하직원이자 비서로 시작했지만, 점차 파트너로서의 역할을 인정받았다. 그리고 22년이 흐른 2024년, 나는 마침내 각자 대표라는 경영자의 위치에 서게 되었다.

'어쩌다 사장'이 된 나는 이제 스스로를 진정한 경영자로 재정의하고, 새로운 시각을 얻고자 하는 열망이 생겼다. MBA는 단순히 학위를 얻기 위한 과정이 아닌, 선택을 강요당한 20여 년 동안의 고단했던 내 인생의 전환점이 되어 줄 것이라 기대했다. 이 MBA 과정을 통해 나는 과거의 경영에 대한 경험을 재조명하고, 미래 경영을 위한 새로운 지식과 통찰력을 얻고자 했다.

벽과 공간 너머: 조각난 세상에서 의미 있는 연결 만들기

인생이란 참 묘한 것이다. MBTI 검사 결과가 ENFP에서 INFP로 바뀐 것처럼, 우리의 삶도 끊임없이 변화한다. 한때는 열정 넘치는 행동주의자였던 내가 이제는 조용히 내면을 들여다보는 사색가가 되어 가고 있다니. 하지만 여전히 나는 그 옛날의 나를 기억한다. '하고 싶고 되고 싶다면 말하고 써야 한다'고 외치던 그 시절의 나를….

지난 20여 년간의 사업 여정을 돌아보면, 나는 마치 돈키호테처럼 끊임없이 풍차를 향해 돌진해 온 것 같다. 그 과정에서 '최초'라는 수식어를 많이 달게 되었지만, 사실 그건 나의 무모함과 무지의 산물이었는지도 모른다.

2001년, 세계적인 닷컴 버블이 꺼지던 그해에 남편은 1천만 원으로 사업을 시작했다. 당시엔 그게 얼마나 위험한 도전인지도 몰랐다. 하지만 그 무모함이 우리를 여기까지 이끌어 왔다. 교육 콘텐츠를 만들고, 플랫폼을 구축하고, 프랜차이즈를 확장해 나갔다. 15년 동안 하루 20시간씩 일했다는 건 과장이 아니다. 그 시간 동안 남편과 내가 지켜 온 세 가지 원칙—직원 급여, 거래처 결제, 이익 재투자—은 지금도 내가 가장 자랑스럽게 여기는 부분이다. 사업이란 참 아이러니하다. 우리는 늘 성장을 꿈꾸지만, 실상 가장 큰 자부심은 급여를 제때 주고 거래처에 돈을 밀리지 않았다는 아주 기본적인 것에서 온다. 어쩌면 이것이 진정한 성공의 척도일지도 모른다.

2023년, 나는 또다시 변화의 바람을 맞았다. 이번엔 '공간'이라는 새로운 영역에 도전장을 냈다. 회사 사업의 제조시설을 'CULTURE GROUND'라는 복합 문화 공간으로 탈바꿈시켰다.

'아이와즈'라는 도심 속의 오아시스 뜻을 가진 이 이름의 이 공간은 도심 속 광장을 표방하며, 다양한 복합 문화적 교류의 장이 되고 있다. 이 과정에서 나는 다시 한번 내 안의 ENFP를 마주했다. 직관적이고 창의적인 그 모습이 새로운 공간을 만들어 내는 원동력이 되었다. 하지만 동시에 INFP로서의 나 역시 이 과정에 깊이 관여했다. 공간이 주는 의미와 가치에 대한 깊은 성찰이 없었다면, 이런 과감한 투자는 불가능했을 것이다. 때로는 자조적인 웃음이 나올 만큼 힘든 순간도 있었지만, 지금 돌이켜보면 그 모든 순간이 창조의 값진 경험이었다.

2024년 완성된 '아이와즈'와 '이브의 정원'. 이 두 공간은 단순한 사업 확장이 아닌, 내 경영철학의 결정체였다. 복합 문화 공간과 쉼의 궁극의 휴식 공간을 만들어 내는 과정에서, MBA에서 배운 이론들이 실제로 어떻게 적용되는지 체감할 수 있었다. 특히 서비스마케팅 수업에서 배운 고객 경험 관리 전략은 이 공간들을 기획하는 데 큰 도움이 되었다. 그리고 2024년 MBA와 함께 시작한 회사의 "GROW FOR TEACHER" 이 슬로건은 단순한 문구가 아니라, 우리 회사의 존재 이유를 함축하고 있다. 디지털 전환 시대에 교사들을 위한 네트워크를 구축하고, 캠프와 연수를 기획하는 과정에서 MBA의 다양한 수업들, 특히 회계 정보와 빅데이터, 그리고 비즈니스 이해 수업에서 배운 기업의 사회적 책임(CSR) 개념은 회사가 나아가야 할 방향을 심오하게 고민하게 만들었다

데이터. 나는 늘 데이터에 매료되어 왔다. 빠른 의사결정을 위해 패턴

을 찾고, 데이터를 수집하고 분석하는 것이 습관이 되었다. MBA의 빅데이터 트랙은 이런 나의 필요에 의해 완벽하게 맞아떨어진 트랙이었다. 때로는 머리가 터질 것 같은 어려운 통계 이론에 좌절하기도 했지만, 그 과정에서 느낀 지적 흥분은 말로 표현할 수 없을 정도였다.

재무회계는 또 다른 도전이었다. 숫자를 좋아하지만 제대로 이해하기 위해 내가 대차대조표와 손익계산서를 들여다보며 무언가를 발견하고 찾아가는 여정이 매우 기분 좋은 경험이었다. 이제는 재무제표가 단순한 숫자의 나열이 아니라, 기업의 건강 상태를 보여 주는 중요한 지표라는 것을 깨달았다. MBA가 아니었다면, 평생 이런 통찰을 얻지 못했을지도 모른다.

그리고 고객. MBA 과정 중 가장 큰 깨달음을 준 주제였다. 전자상거래 수업에서 접한 '고객제표'는 나에게 큰 충격을 주었다. 고객을 단순한 매출의 원천이 아니라, 기업의 가장 중요한 자산으로 바라보는 시각은 내 경영철학에 큰 변화를 가져왔다. 만약 기회가 된다면, 이 주제로 더 깊이 연구해 보고 싶다는 욕심도 생겼다. MBA는 또한 나에게 새로운 학습의 도구를 선사했다. 8년간 구독해 온 매경이코노미에 더해, 이제는 DBR(동아비즈니스리뷰)도 내 서재를 채우고 있다. 이 매거진들은 단순한 읽을거리가 아니라, 나의 사업과 경영을 위한 스승이자 나침반이 되어 주고 있다.

공간 기획에 대한 나의 관심은 단순한 호기심을 넘어선다. 벽 너머의 공간이 가진 힘, 그것이 우리의 조각난 세상에서 어떻게 연결과 소통을 만들어 낼 수 있는지를 깨달았을 때, 나는 이 분야에 깊이 빠져들었다. 내가 꿈꾸는 공간 사업의 궁극적인 목표는 독특하다. 단순히 물리적인 공간을 만드는 것이 아니라, 그 안에서 수요와 공급이 만나 특별한 서비스를 구현하는 것이다. 이는 마치 퍼즐 조각을 맞추듯, 사람들의 니즈와 공간의 가능성을 조화롭게 연결하는 작업이다. 팬데믹 이후, 우리는 더욱 단절된 세상을 경험했다. 조각난 세상에서 우리가 어떻게 서로를 마주해야 하는가? 이 질문은 현대인들의 주요 화두가 되었고, 나는 이 화두 속에서 새로운 비즈니스의 기회를 보았다. 이것이 단순한 직감이 아닌, 현실이 될 수 있다는 믿음이 나를 앞으로 나아가게 한다.

2024년은 나에게 극심한 도전의 해였다. 때로는 죽을 만큼 힘들었다고 해도 과언이 아니다. 모든 것이 변화하는 와중에, 나는 필사적으로 그 변화의 한가운데로 뛰어들었다. 새로운 시공간, 새로운 경험, 새로운 도전. 나는 나 자신을 끊임없이 그 변화의 소용돌이 속에 던져 넣었다. 이 모든 노력이 헛되지 않기를, 나는 간절히 바란다.

때로는 의심이 들 때도 있다. "정말 이렇게 하는 게 맞을까?"

하지만 그때마다 나는 내 직관을 믿기로 했다. 공간이 가진 힘, 그리고 그 안에서 이루어지는 인간의 상호작용. 이것이 미래를 만들어 갈 핵심이라는 나의 믿음은 흔들리지 않는다. 지금 돌이켜보면, 이 모든 과정이 나를 더 강하게 만들었다는 것을 느낀다. 힘들었던 만큼, 나는 성장했다. 그리고 이 성장은 앞으로 내가 만들어 갈 공간들, 그리고 그 안에서 이루어질 연결과 소통의 밑거름이 될 것으로 믿는다.

나의 여정은 아직 끝나지 않았다. 오히려 이제 막 시작되었다고 해야 할 것이다. 조각난 세상을 다시 연결하는 공간을 만들어가는 이 여정에서, 나는 계속해서 도전하고, 배우고, 성장할 것이다. 그리고 언젠가는, 내가 꿈꾸는 그 특별한 공간에서 사람들이 만나고, 소통하고, 새로운 가치를 만들어 내는 모습을 볼 수 있기를 희망한다.

경계를 넘어선 시야 확장

MBA 과정은 내게 새로운 세상을 열어 주었다. 22년간 한 회사에서 경영자로 지내 오면서, 나도 모르게 좁아진 시야와 고착화된 사고방식에 갇혀 있었다는 것을 깨달았다. 하지만 MBA 강의실에 들어서는 순간, 나는 마치 우물 안 개구리가 넓은 바다를 만난 것 같은 충격과 설렘을 느꼈다. 다양한 배경을 가진 원우들과의 만남은 그 자체로 새로운 경험이었다. 20대부터 60대까지, IT 전문가부터 공무원, 의사, 사업가까지…. 각자의 분야에서 전문성을 갖춘 이들과 한 공간에서 토론하고 아이디어를 나누는 과정은 매 순간이 새로운 발견의 연속이었다.

특히 기억에 남는 것은 '빅데이터와 사회적 혁신' 수업에서의 한 토론이었다. 한 원우가 교육과 관련된 빅데이터 모델을 발표했을 때, IT 배경을 가진 원우와 교수님이 제시한 기술 융합 아이디어는 나에게 큰 영감을 주었다. 그의 제안을 바탕으로, 우리는 실제로 경험을 선물하는 새로운 교육 플랫폼 개발 프로젝트를 시작하게 되었다.

MBA 과정 중 환경 분야의 ESG에 관한 사례 발표는 나에게 큰 인사이트를 주었다. 이전에는 ESG를 단순히 '해야 할 일'로만 여겼지만, 이제는 우리 회사의 핵심 가치이자 새로운 성장 동력이 될 수 있다는 것을 깨달았다. 이러한 깨달음은 우리 회사의 과거 성과를 새로운 시각으로 바라보게 했다. 지난 4년간 개발하고 특허를 취득한 제품들이 모두 ESG와 밀접하게 연결되어 있다는 사실을 발견한 것이다. 이를 계기로, 우리는 이 제품들의 방향성을 회사의 전략적 방향과 일치시키기 위한 백서를 작성하게 되었다. 이 과정은 단순한 문서 작업이 아니었다. 우리의 과거 노력과 성과를 ESG 관점에서 재해석하고, 이를 미래 경영전략의 핵심 축으로 삼는 중요한 작업이었다. 이를 통해 우리는 회사의 모든 활동이 지속가능성과 사회적 책임을 중심으로 이루어질 수 있도록 하는 새로운 비전을 수립할 수 있었다. 결과적으로, MBA에서 배운 ESG에 대한 인사이트는 우리 회사의 과거, 현재 그리고 미래를 하나로 연결하는 중요한 고리가 되었다. 이는 단순한 경영 전략의 변화를 넘어, 우리 회사의 존재 이유와 가치를 재정립하는 계기가 되었다.

네트워크의 힘 재발견

MBA 과정에서 얻은 또 하나의 큰 자산은 바로 '네트워크'였다. 사실 처음에는 이 부분을 그다지 중요하게 여기지 않았다.

'나이 50에 무슨 새로운 인맥을 만들겠어?'라는 생각이 있었던 것이 사실이다. 하지만 이는 얼마나 큰 오산이었는지···. MBA에서 만난 다양한 분야의 전문가들과의 교류는 비즈니스 네트워크의 중요성을 다시금 일깨워 주었다. 다양한 수업에서 팀 프로젝트를 같이 했던 원우들과는 가족만큼의 끈끈함이 생겼고, 각자 몸담고 있는 직업의 특성 덕에 매번 새로운 인사이트를 얻으면서 단순 친목과는 차원이 다른 네트워크를 선물한다. 이러한 교류는 단순히 개인적인 차원에 그치지 않았다.

우리는 서로의 전문성을 바탕으로 새로운 비즈니스 모델을 구상하기 시작했고, 실제로 몇몇 프로젝트는 현재 진행 중이다. 예를 들어, IT 배경을 가진 원우와 함께 교육용 에듀테크를 개발하는 프로젝트를 논했고, 이는 우리 회사의 새로운 수익원이 될 수 있다는 희망도 가지게 되었다. 또한, 금융 전문가인 원우의 조언을 받아 회사의 재무 구조를 개선하는 작업도 진행 중이다. 이전에는 생각지도 못했던 방식의 자금 조달 방법을 알게 되어, 회사의 재무 건전성을 크게 개선할 수 있으리라 기대된다.

이렇게 MBA를 통해 얻은 네트워크는 단순한 인맥 이상의 의미를 갖게 되었다. 이는 우리 회사의 비즈니스 모델을 재검토하고, 새로운 협업 기회를 모색하는 원동력이 되었다. MBA 과정을 통해 나는 '평생학습'과 '네트워킹'의 중요성을 뼈저리게 느꼈다. 나이와 상관없이, 새로운 것을 배우고 다양한 사람들과 교류하는 것이 얼마나 중요한지를 깨달았다. 이제 나는 이 경험을 바탕으로, 우리 회사를 더욱 혁신적이고 개방적인 조직으로 만들어 가고자 한다.

◆ 리더십의 기술: 변화 속에서 목적 재발견

자기성찰을 통한 리더십 재정립

MBA 과정은 나에게 거울을 들이대는 것 같았다. 처음 '리더십'과 관련한 조직행동 수업에서 교수님이 던진 질문이 아직도 생생하다. "당신은 어떤 리더입니까?" 순간 머릿속이 하얘졌다. 20년 넘게 리더의 자리에 있었지만, 정작 나 자신의 리더십에 대해 깊이 고민해 본 적이 없었다는 걸 깨달았기 때문이다.

그날 이후, 나는 매일 하루 일과를 기록하기 시작했다. 그날 있었던 일들, 내가 내린 결정들, 직원들과의 상호작용을 되돌아보며 나의 리더십 스타일을 분석했다. 때로는 부끄러운 순간들도 있었다. '권위적이었던 건 아닐까?', '직원들의 의견을 제대로 듣지 않은 건 아닐까?' 하는 반성의 시간들이었다.

김민정 교수님의 조직행동 수업은 교수님께서 너무나 모범적이면서 까다롭게 수업을 이끌어 주셨는데 한 회사의 리더로서 반성의 시간이었고 자기성찰의 시간이었다. 이 수업 때 나는 700페이지에 가까운 섀클턴의 '인듀어런스' 탐험을 읽고 섀클턴의 리더십에 대한 발표를 했던 것을 잊지 못한다.

"모두 살아있습니다." 이는 나와 목표가 많이 닮아 있었다. 목표가 있었지만 그것보다 더 중요한 삶을 위해 목표를 수정하면서 솔선수범하는 그의 외로움과 결단이 보였다. 그러나 방법론에 있어서는 내가 한참 부족했다. 나는 항상 남보다 어려운 길을 택했던 것 같다. 쓸데없는 자아가 보여 주는 양심 때문에. 그러나 가장 어려운 과업을 가장 즐겁게 했던 시간이었고, 내게 잠시나마 위로가 된 가장 귀중한 수업 시간이었다.

지금 나는 어떤 리더인가? 그 어느 때보다도 어떤 리더로 살아가야 하는가? 에 대한 질문과 고민이 가장 깊어지는 시간이다. 최근 2~3년 동안, 2~3배의 직원이 늘면서 나는 답이 없는 시궁창에 처박힌 듯한 기분이었다. MBA와 함께한 1년여 동안 많은 성찰을 해 왔지만 여전히 나는 '리더와 경영의 본질과 목적'에 방황하고 있다. 그러나 강의와 토론을 통해 현대적 리더십 이론을 학습하면서, 나는 점차 변화의 필요성을 느겼다.

특히 '서번트 리더십'과 '임파워먼트 리더십' 개념은 나에게 큰 영감을 주었다. 직원들을 섬기고, 그들에게 권한을 부여하는 리더십. 이는 내가 지금까지 해 온 방식과는 꽤 거리가 있었다. 나의 리더십을 분류해 본 결과 변혁적 리더십이 가장 맞는 것이었지만, 이제는 그것과 다른 새로운 리더십 스타일을 같이 모색해야 할 때였다.

변화는 쉽지 않았다. 오랜 습관을 바꾸는 것은 마치 강물의 흐름을 바꾸는 것과 같았다. 하지만 나는 조금씩 시도했다. 회의 시간에 더 많이 듣고 덜 말하기, 직원들의 아이디어를 적극적으로 수용하기, 실수를 용납하고 격려하기. 이런 작은 변화들이 모여 점차 회사의 분위기를 바꾸기 시작했다. 가장 기억에 남는 순간은, 11년 동안 같이해 온 오피스 와이프 같은 직원이 내 방에 찾아와 "대표님, 요즘 회사가 많이 달라진 것 같아요. 더 활기차고 오래 일하고 싶어지는 분위기예요."라고 말해 줬을 때였다. 그 순간, 나는 내가 옳은 방향으로 가고 있다는 확신을 얻었다.

조직의 목적 재정의

MBA 과정은 또한 우리 회사의 존재 이유에 대해 깊이 고민하게 만들었다. '전자상거래' 수업에서 다룬 사례 연구들은 나에게 큰 배움을 주었다. 단순히 이익만을 추구하다 몰락한 기업들, 반대로 사회적 가치 창출을 통해 지속가능한 성장을 이룬 기업들의 사례를 보면서, 나는 우리 회사의 미션과 비전을 재검토하게 되었다.

'우리는 왜 존재하는가?', '우리가 추구해야 할 진정한 가치는 무엇인가?' 이런 질문들을 던지며, 나는 파트너인 남편과 토론하며 함께 밤을 새운 적도 있었다. 그 결과, 우리는 회사의 미션을 '교육을 통한 사회 변화의 촉매제'로 재정의했다. 이는 단순한 슬로건의 변화가 아니었다. 우리의 모든 사업 전략과 의사결정 과정이 이 미션을 중심으로 재편되기 시작했다.

예를 들어, 우리는 '커피클래스'라는 지역민을 위한 무료 교육 프로그램을 시작했고, 환경 교육 콘텐츠를 추가 개발에 착수했다. MBA 과정을 통해 나는 리더십과 경영의 본질에 대해 새롭게 눈을 뜨게 되었다. 늦은 나이에 시작한 이 여정은 때로는 힘들고 고단했지만, 그만큼 값진 깨달음과 성장을 안겨 주었다. 이제 나는 더 겸손하고, 더 열린 마음으로 우리 회사와 직원들, 그리고 사회를 바라본다.

◆ Bridging(브리징) 타임: 수년의 개인 경험과 배움의 합출

과거와 현재, 미래를 잇는 다리

22년간의 경영 경험은 나에게 값진 자산이었지만, 동시에 굳어진 사고의 틀이 되기도 했다. MBA 과정은 이 오래된 틀을 깨는 망치이자, 새로운 세계로 향하는 창문이 되어 주었다. 여러 가지 최신 경영 이론과 사례들을 배우며, 나는 과거의 나와 현재의 나, 그리고 미래의 나를 연결하는 작업을 했다. 이 과정은 결코 쉽지 않았다. 때로는 내 오랜 경험과 새로 배운 이론 사이에서 충돌이 일어나기도 했다. '그동안 내가 해 온 방식은 모두 잘못된 걸까?'라는 의문이 들 때면, 깊은 자괴감에 빠지기도 했다. 하지만 이러한 내적 갈등은 오히려 나를 더 나은 경영자로 성장시키는 밑거름이 되었다.

세대 간 격차 해소

MBA 동기들 중에는 나보다 20살 이상 어린 친구들도 많았다. 처음에는 이 나이 차이가 부담스럽기도 했지만, 점차 그들과의 교류가 새로운 통찰력을 제공한다는 것을 깨달았다. 그들의 사고방식, 일하는 방식, 소통 방식은 나에게 좋은 전환점이 되었다. 이런 계기로 유난히 나는 20~30대 원우들과 어울리는 것을 좋아하고 차라리 더 편하기까지 하다. MZ 세대 원우들과 같이 지내면서 동등한 지위로 팀 수업을 진행하고 같이 밥을 먹고 뒤풀이를 하며, MT도 같이 하면서 세대 간의 소통이 이루어진 이런 경험들은 우리 회사의 인재 육성 및 조직 문화 개선에 큰 도움이 되었다.

가슴 뛰는 인생을 살고 있는가? MBA 과정 중 가장 많이 스스로에게 던진 질문이다. '무엇이 나의 가슴을 뛰게 하는가?' 삶의 혜안이 녹아 있는 고전을 읽을 때와 금전적인 대가가 없음에도 MBA 같은 사랑을 내게 줄 때 나는 가장 가슴이 뛴다는 것을 깨달았다. 회사의 책임자로서 나를 사랑하는 방법은 에너지가 적게 드는 매우 제한적인 방법들일지 모르지만, MBA를 통해 나는 매우 고무적인 시간을 보내고 있다는 것을 확인하게 되었다.

전남대학교 MBA 2년의 시간은 내게 진정한 '브리징 타임'이다. 1년

을 벌써 보냈고 앞으로 1년의 소중한 시간이 남아 있지만 수년간의 경험
과 사례를 MBA 과정에 비추어 보며, 과거와 현재, 그리고 미래를 연결
하는 소중한 시간이 될 것이다. 이 과정에서 나는 철저히 나의 성장에 초
점을 맞추려 노력하려고 한다. 질문하는 인터랙티브 타임, 내가 겪어 온
고통과 인내의 시간을 다른 원우들과 나누며 서로에게 '하이패스' 그리
고 '원패스'가 되어 주는 시간들이 되기를 서슴지 않을 것이다.

◆ 결론: 새로운 시작을 향해

50세, 어떤 이들에게는 안주의 나이일지 모른다. 하지만 나에게 이
나이는 새로운 도전의 시작이었다. MBA 과정을 통해 나는 내 한계를 뛰
어넘는 법을 배웠고, 더 넓은 세상을 보는 눈을 갖게 되었다. 때로는 수
업을 참여하는 것조차도 힘들어 좌절하기도 했고, 사업과 학업을 병행
하느라 체력적인 한계와 발표 자료를 준비하느라 밤잠을 설치기도 했
다. 하지만 그 모든 순간이 나를 더 강하게 만들어 주었다. 이제 나는
MBA의 렌즈를 통해 세상을 바라본다. 그리고 그 렌즈를 통해 보이는 세
상은 무한한 가능성으로 가득 차 있다. 앞으로도 나의 도전은 계속될 것
이다. MBA에서 배운 지식과 통찰력을 바탕으로, 나는 더 나은 경영자,
더 나은 리더가 되기 위해 노력할 것이다. 그리고 언젠가, 내가 쌓은 경
험과 지식이 다른 이들에게도 도움이 되기를 희망한다.

언젠가 전남대학교 MBA의 자랑스러운 졸업생으로 기억되길 희망하
며, 과정의 명성을 높이는 데 작은 힘이나마 보태고 싶다.

2024년 MBA 1년 차… 코로나가 지나간 후 가장 활발하게 오프 행사를 가진 우리 기수이다. 나에게는 학사모를 날리기까지 아직도 1년이라는 행복한 시간이 남아 있다.

2024년 레드포인트와 함께한 디지털 기반 교육 혁신을 위한 디지털 교육 현장의 발자취

교육부 & 창의재단 디지털 튜터 양성 사업, 디지털 새싹, 교사 연수, 구글 연수, GIST교육특구연수

2024년 4월 광주관광공사 유니크베뉴로 선정된 '아이와즈' 복합 문화 공간. 조립식 건물인 오래된 사옥을 리모델링하여 지역민과 함께할 로컬 문화 공간으로 변화 시도

2024년 11월 웰니스센터 '이브의정원' 개원.
폐공장을 리모델링하여 지역민의 쉼과 치유를 위한 도심 속의 치유
공간 지향

10

CHAPTER

전남대 MBA 최초,
딸과 함께하는 동반 성장

김은경

THE CHALLENGE

精神一到 何事不成(정신일도 하사불성)

살아가면서 크고 작은 수많은 선택의 순간들을 마주했지만, 그 어떤 선택도 이토록 가슴 뛰고 특별하게 느껴진 적은 없었다. 오랜 시간 가슴 한구석에 담아 두었던 더 큰 세상에 대한 꿈이 마침내 현실이 되는 순간이었다. 중국에서 유학 중이던 딸이 한국으로 돌아와 나와 함께 MBA 과정을 시작하기로 했을 때, 그것은 학업에 대한 결정이 아니라 우리 인생에서 결코 잊지 못할 특별한 도전이 되었다.

우리 모녀의 새로운 출발이 언제나 응원과 축복만 받은 것은 아니었다. 주변에서는 "그 나이에 다시 학교에 다닌다고?"라는 놀라움 섞인 시선을 보내기도 했고, 딸과 어머니가 나란히 강의실에 앉아 있는 모습을 신기하게 바라보는 사람들도 있었다. 그러나 그런 시선에도 아랑곳하지 않고 우리 둘은 서로의 눈을 마주하며 미소 지었다. 왜냐하면 우리는 이미 알고 있었기 때문이다. 이것은 단지 공부가 아니라, 인생을 함께 나아가는 동반자로서 서로를 더 깊이 이해하고 존중하는 특별한 기회라는 것을 말이다.

몇몇 교수님들은 우리를 보며 "어머니와 딸이 함께 MBA 과정을 수강하는 것은 정말 드물고도 아름다운 일입니다."라고 따뜻하게 격려해 주셨다. 그 응원 덕분에 우리는 더욱 단단하게 하나로 뭉쳐, 미래를 향한 자신감을 키울 수 있었다.

오랫동안 사업을 운영하며 현실에 발을 딛고 있었지만, 내 마음 한편에서는 늘 더 넓고 깊은 세계에 대한 갈망이 꿈틀거렸다. 경험만으로는 부족하다는 것을 이미 여러 번 느꼈기에, 더 깊고 체계적인 경영의 지식과 전문성을 갖추고 싶었다. 그 절실한 바람이 마침내 MBA 과정을 선택하게 만들었다. MBA라는 새로운 도전은 나와 딸에게 무한한 성장과 배움의 장을 열어 줄 것이라는 확신이 들었다. 이는 우리에게 학문적 성취를 넘어, 함께 꿈꾸고 고민하며 더 넓은 세상으로 나아가기 위한 중요한 디딤돌이 될 터였다.

우리는 이 여정에서 서로의 경험을 공유하고 부족한 점은 서로 채워가며 함께 성장하겠다는 기대로 가슴을 부풀렸다. 내가 쌓아온 실무의 경험과 딸의 젊은 열정이 만나 시너지를 만들어 낼 수 있음을 믿었다. 처음부터 쉬운 길이 아님을 알고 있었지만, 함께 손을 잡고 나아가는 이 여정이 얼마나 빛나는 가치와 의미를 품고 있는지 우리는 분명히 느끼고 있었다.

그리고 그렇게 우리는, 새로운 가능성을 향한 인생의 또 다른 문 앞에 서 있었다.

◆ 첫 번째 도전 - 상경, 그 낯설고도 찬란한 좌절의 시간들

누구에게나 인생의 길 위에 처음 마주하는 순간이 있다. 그 순간이란 설렘과 두려움이 뒤섞여 마음을 요동치게 하고, 예상치 못한 시련에 아프게 흔들리기도 한다. 내게 있어 그러한 순간은 대학 진학의 꿈을 안고 서울이라는 낯선 대도시로 향했던 날이었다.

전남 장흥의 조용한 시골 마을에서 나고 자란 내게 서울은 너무도 크고 낯설었다. 끝없이 하늘을 향해 솟아 있는 차가운 빌딩들과, 정신없이 빠른 걸음으로 앞만 보고 걷는 수많은 사람들, 어디로 가야 할지조차 혼란스러울 정도로 복잡하게 얽힌 거리들까지. 내가 자라 온 고향의 익숙하고 아늑한 풍경과는 전혀 다른 세계가 그곳에 펼쳐져 있었다.

무엇보다도 나를 가장 힘들게 한 것은 바로 언어의 벽이었다. 내가 태어나 처음부터 자연스럽게 써 온 고향의 정겨운 사투리는 서울 사람들에게는 낯설고, 때로는 우습게 느껴지는 것이었다. 나는 대학 입학 면접을 준비하면서 매일 밤 홀로 표준어를 연습했다. 그러나 아무리 애를 써도 내 입에서 나오는 말투는 어색하기만 했고, 나의 노력과는 달리 그 간극은 더욱 또렷이 드러날 뿐이었다.

어느 날, 준비했던 면접에서 떨리는 목소리로 표준어를 구사하려 애쓰다 결국 익숙한 사투리가 튀어나오자, 사람들은 가벼운 농담과 웃음으로 반응했다. 그 미소들이 나를 얼마나 깊은 절망 속으로 몰아넣었는지, 그들은 알지 못했으리라. 그 순간 나는 말 한마디조차 자유롭지 못한 스스로를 마주하며 뼈저린 자괴감을 느꼈다.

"왜 내가 살아온 고향의 말이 이렇게 부끄러워야 하는 걸까?"

결국 내가 간절히 원했던 서울에서의 대학 진학은 이루어지지 않았다. 시험 결과를 마주한 날, 나의 가슴속 깊이 간직했던 작가의 꿈마저도 한순간에 안개처럼 흩어져 버렸다. 이루지 못한 꿈의 좌절감과 함께 내 안의 자존심과 자신감은 바닥으로 떨어졌다. 기대했던 미래가 무너지는 순간, 나는 모든 것이 무의미하게 느껴져 한동안 책을 손에서 놓고 어두운 방황의 시간을 보내야 했다.

하지만 그 긴 방황의 터널 끝에서, 나는 깨닫게 되었다. 그 실패는 단지 대학 진학이 좌절된 아픔만을 남긴 것이 아니었다. 오히려 그 순간을 통해 나는 처음으로 내 안의 한계와 편협한 시각을 직면하게 되었고, 세상과 나 자신을 돌아보는 귀중한 계기를 얻었다는 사실을 말이다. 나의 언어가 문제가 아니라, 스스로의 마음에 스스로 가둔 좁은 시야와 과신이 진정한 문제였다는 것을 말이다.

그 첫 번째 도전의 씁쓸한 좌절은 내게 더 깊은 의미로 다가온다. 그것은 결국 나를 더 넓은 세상을 향해 나아가게 만든 용기의 출발점이었다. 실패라는 이름의 그 시간은 인생의 깊이를 더하는 값진 성찰이 되었고, 다음 도전을 위한 새로운 꿈의 씨앗을 심어준 귀한 시간이었음을, 나는 분명히 알게 되었다.

◆ **두 번째 도전 - 전통을 빚고, 가치를 잇는 떡과 함께한 창업 여정**

대학 졸업 후 맞이한 나의 두 번째 도전은 자영업이라는 새로운 길이었다. 떡 전문점 창업이라는 선택은 사업적 결단이 아니라 내 유년의 기억과 가족의 전통을 이어 가는 뜻깊은 여정이기도 했다. 어릴 적부터 많은 친척이 떡집을 운영하며 성공을 이루는 모습을 곁에서 지켜보면서 나 역시 자연스레 이 분야에 관심과 애정을 품게 되었다. 그들이 떡을 빚으며 쌓아 온 풍부한 경험과 노하우, 실질적인 조언은 내 사업의 든든한 초석이 되어 주었다. 내가 떡집을 선택한 것은 어쩌면 운명과도 같은, 삶이 내게 준 아름다운 인연이었다.

그러나 창업 초기의 현실은 결코 녹록하지 않았다. 간절한 열망과 꿈만으로는 사업을 이끌 수 없다는 냉혹한 현실 앞에서 나는 수도 없이 흔들리고 넘어져야만 했다. 최고의 품질을 위해 신선하고 좋은 재료를 고르는 일부터, 고객들의 다양한 입맛과 기대를 만족시키는 새로운 조리법을 개발하고 완성하는 과정까지 모든 것이 시행착오의 연속이었다. 어느새 밤잠을 잊은 채 떡의 맛과 식감을 개선하기 위해 수백 번의 도전을 반복했고, 고객의 작은 의견 하나까지도 놓치지 않고 귀담아들으며 꾸준히 변화를 이끌었다.

이런 노력은 시간이 지나면서 조금씩 빛을 발하기 시작했다. 명절이나 특별한 행사 때마다 우리 떡을 맛보기 위해 긴 줄이 가게 앞을 가득 메웠고, 심지어 가게 주변 도로가 마비될 정도로 많은 고객이 찾아 주었다. 새벽 공기를 가르며 가족 모두가 떡을 빚어내던 그 순간의 피로는 고객들의 환한 미소와 따뜻한 말 한마디에 녹아 사라지곤 했다. 그렇게 온 가족이 하나 되어 이뤄 낸 떡은 상품이 아니라 우리의 진심과 열정이 담긴 결과물이었고, 그 시간들은 내 인생에 영원히 잊지 못할 소중한 추억으로 남았다.

떡 전문점을 운영하며 내가 배운 가장 소중한 깨달음은, 결국 모든 사업의 본질은 고객과의 진심 어린 소통에 있다는 것이었다. 고객이 "떡이 조금만 더 부드러웠으면 좋겠다."고 말하면 나는 즉시 떡의 질감과 공정을 개선하기 위해 여러 방법을 연구했고, 그 진정성 있는 노력은 고객들에게도 전해졌다. 이처럼 고객들과 지속적으로 소통하며 함께 성장한 덕분에 우리 가게는 점점 많은 사람에게 사랑받는 곳으로 자리 잡을 수 있었다.

이윽고 나의 경험과 노하우를 배우고자 많은 사람이 가게를 찾아오기 시작했다. 전통 떡에 애정을 가지고 창업의 꿈을 꾸는 사람들에게 내가 쌓은 지식과 노하우를 아낌없이 나누었고, 누군가의 새로운 시작을 돕는 과정에서 나는 더 큰 보람과 자부심을 느꼈다. 이 일은 개인의 성공을 넘어 우리 전통 떡 문화를 널리 알리고 계승하는 데 작은 보탬이 될 수 있다는 점에서 더욱 의미가 깊었다.

떡집 운영에서 얻은 성과와 자부심은 내게 커다란 기쁨과 자신감을 주었지만, 마음 한편에서는 더 넓은 세상을 향한 갈증이 여전히 타오르고 있었다. 그동안의 경험으로는 충분하지 않다는 생각이 들었고, 더욱 체계적이고 깊이 있는 경영 지식이 절실해졌다. 내 안에서 자라난 이 열망은 결국 나를 새로운 도전으로 이끌었고, MBA 과정이라는 또 다른 인생의 출발선에 서게 했다. 떡집 창업이라는 두 번째 도전은 그렇게 다음 도전을 위한 탄탄한 기반이자 아름다운 징검다리가 되어 주었다.

◆ 세 번째 도전 - 한계를 넘어 넓은 세상을 향한 설렘의 여정

사람은 살아가면서 수없이 많은 벽을 만난다. 어떤 이는 그 벽 앞에서 멈춰 서고, 또 어떤 이는 벽을 넘기 위해 발버둥 친다. 내게도 그런 벽이 있었다. 내가 쌓아 온 경험과 지식만으로는 도저히 넘을 수 없을 것 같던 벽, 바로 스스로를 가둔 좁은 우물이었다. 떡집을 운영하며 현실의 벽을 온몸으로 부딪히고 헤쳐 나갔지만, 어느 순간부터 나는 경험과 직감만으로는 더 이상 앞으로 나아갈 수 없다는 것을 깨닫게 되었다. 그 깨달음은 처음에는 막막했지만, 곧 새로운 설렘과 도전의 씨앗이 되어 내 마음속 깊은 곳에서 싹트기 시작했다.

나는 더 체계적이고 깊이 있는 경영의 지식을 갈망했다. 현장의 경험을 넘어서, 이론과 전략으로 무장한 진정한 경영자로 성장하고 싶었다. 그렇게 선택하게 된 것이 바로 MBA 과정이었다. 내가 내린 결정은 스스로의 한계를 넘어 더 넓고 깊은 세상을 마주하기 위한 간절한 도전이었다.

MBA 과정에 들어선 순간부터 나는 매 순간이 새로운 도전이었다. 캠퍼스의 공기조차 내게는 낯설면서도 신선하게 느껴졌다. 경영 컨설팅 수업에서 처음 전략을 배우던 날, 나는 내 가슴속에서 벅찬 감동이 밀려오는 것을 느꼈다. 과거 내가 현장에서 몸소 겪었던 시행착오들이 명쾌한 이론으로 정리되는 순간, 퍼즐 조각처럼 흩어져 있던 경험들이 하나로 맞춰지며 나의 경영관은 더욱 견고해졌다. 그때 나는 깨달았다. 지난날의 시행착오는 단지 좌절이 아니라, 미래를 위한 귀중한 교훈이었다는 것을.

서비스 마케팅과 소비자 행동 수업은 나의 시야를 새롭게 바꾸어 놓았다. 과거의 나는 고객의 목소리를 귀담아듣는 것으로 충분하다 믿었지만, 수업을 통해 소비자 내면에 감춰진 욕구와 니즈를 전략적으로 찾아내는 것이 얼마나 중요한지 깨달았다. 고객의 마음을 깊이 이해하고 브랜드의 가치를 정교하게 다듬어 나가는 과정에서 나는 또 한 번 성장의 기쁨을 맛보았다. 마케팅은 상품을 알리는 것이 아니라 고객의 마음과 공명하며 함께 가치를 만들어 가는 것이라는 것을 비로소 알게 되었다.

그중에서도 가장 신선하고 강렬한 충격을 안겨 준 것은 '빅데이터와 사회적 혁신'이라는 수업이었다. 'Orange'라는 낯선 데이터 분석 도구를 처음 만났을 때, 나는 처음으로 신대륙에 발을 디딘 탐험가처럼 두렵고 설렜다. 처음엔 이해하기 어려웠지만, 교수님의 배려와 딸과 막내아들의 도움 덕분에 그 생소한 데이터의 세계에 차츰 익숙해질 수 있었다. 교수님의 "지금 우리는 신석기에서 마제석기로 나아가는 중입니다."라는 표현은 내 기억 속에 선명하게 각인되어 있다. 그 말은 데이터가 단순한 숫자나 통계가 아니라, 세상의 문제를 해결하고 사회적 혁신을 가져오는 강력한 도구라는 것을 내게 명확히 알려 주었다.

결국 나는 일반 MBA 과정에서 빅데이터 트랙으로 과감히 방향을 틀었다. 그것은 내게 또 다른 차원의 도약을 가져다준 결정이었다. 이제 나에게 데이터는 미래의 경영전략을 수립하는 가장 중요한 자산이자, 내가 나아가야 할 길을 비춰 주는 등대가 되었다. 이 모든 과정은 내 인생을 더욱 풍요롭고 가치 있게 만들어 준 귀중한 경험이었다.

돌아보면, 세 번째 도전인 MBA 과정은 내게 더 넓은 세상을 마주할 수 있는 용기와 지혜를 심어 준 축복이었다. 한때는 좁은 우물 속에 갇혀 있던 개구리에 불과했던 내가 이제는 더 넓은 바다를 향해 헤엄칠 수 있는 자신감을 얻었다. 이 도전을 통해 나는 나 자신을 다시 발견했고, 더 큰 꿈을 꿀 수 있게 되었다.

이제 나는 또 다른 도전을 향한 출발선 위에 서 있다. 과거의 경험과 새로운 지식, 그리고 용기 있는 결단으로 무장한 채, 나는 내 앞에 펼쳐질 더 넓고 아름다운 세상을 향해 한 걸음씩 나아갈 것이다. 나의 세 번째 도전은 그렇게, 끝이 아닌 새로운 시작이었다.

수업 과제와 팀 프로젝트를 수행하는 내내 딸과 나는 최상의 호흡을 보여 주었다. 딸은 디지털 기술에 밝아 데이터 분석과 시각화에서 역량을 발휘했고, 나는 다년간 쌓은 실무 경험을 바탕으로 전략을 구상하며 현실에 적용할 방안을 고민했다. 세대와 강점이 다른 우리가 한 팀이 되어 서로를 북돋자 멋진 시너지가 일어났다. 둘이 함께 머리를 맞대고 문제를 풀 때면, 마치 서로의 빈 곳을 채워 주는 퍼즐 조각처럼 척척 맞아들었다. 그 결과물은 기대 이상의 성과를 거두었고, 우리에게 세대 간 지혜와 기술이 어우러지면 얼마나 큰 힘을 발휘하는지 깨닫게 해 준 소중한 배움으로 남았다. 무엇보다 이런 협업의 과정에서 우리는 더 이상 평범한 모녀가 아니었다. 서로에게 배우고 가르치며 동등한 배움의 동반자로 거듭난 것이었다.

매일 딸과 나란히 걷는 등굣길은 내 삶에 새로운 활력을 불어넣었다. 캠퍼스를 향해 함께 발걸음을 옮길 때면, 오랜만에 가슴 한구석이 두근거렸다. 마치 수십 년 전 대학 새내기가 되었던 시절로 돌아간 듯한 설렘과 함께, 내 옆에 발맞춰 걷는 딸의 존재는 든든하기 그지없었다. 강의실에 들어서기 전 주고받는 "오늘도 파이팅!" 한마디에는 모녀를 넘어 동료로서 서로를 응원하는 진심이 담겨 있었다.

수업을 마친 뒤에도 우리는 캠퍼스에 남아 배운 내용을 복습하고 토론하곤 했다. 때론 지칠 법도 한 늦은 저녁 시간이었지만, 딸과 주고받는 의견 속에서 나는 새로운 통찰을 얻고 딸은 나의 경험에서 교훈을 찾아 냈다. 그런 순간마다 일상의 대화는 어느새 서로의 꿈과 미래를 그리는 이야기로 깊어졌고, 모녀 사이에만 머물렀던 관계는 인생의 동반자로서 더욱 돈독해져 갔다.

MBA 과정을 통해 얻은 가장 큰 선물 중 하나는 글로벌 감각과 다양 한 인연이었다.

신흥시장 현장실습 연구 수업의 일환으로 말레이시아의 UKM 대학 을 방문하게 되었다. 낯선 나라의 캠퍼스는 눈부신 태양 아래 젊음의 열 기로 가득했다. 싱그러운 바람에 흔들리는 잎, 강의동 앞 잔디밭에 삼삼 오오 모여 앉아 토론을 나누는 현지 학생들의 모습이 활기로 반짝였다. 그 생동감 넘치는 풍경 속을 딸과 함께 거닐며, 나는 마치 다시 청춘의 한가운데로 뛰어든 듯한 설렘을 느꼈다.

무엇보다 현지 학생들과 자연스럽게 어울려 영어와 중국어로 대화를 나누는 딸의 모습은 내 가슴을 벅차오르게 했다. 딸은 다양한 문화권의 친구들 속에서 스펀지처럼 새로운 지식을 흡수하고 있었다. 반면 그런 국제적인 대화에 아직 능숙하지 못한 내 자신을 돌아보니, 언어의 장벽 앞에서 주춤해야만 하는 현실이 조금은 안타까웠다. 그러나 동시에 그 것은 내게 값진 자극이 되었다. 나도 더 배워야 한다. 더 넓은 세상과 자 유롭게 소통하기 위해 영어 공부를 비롯한 꾸준한 자기 계발에 다시금 열정을 쏟아야겠다는 다짐이 가슴 깊이 생겨났다.

말레이시아에서의 특별한 경험은 내 시야를 세계로 확장시켜 주었고,

돌아온 후에도 그 기억은 지속적으로 나를 채찍질하는 원동력이 되었다.

캠퍼스에서 함께 공부한 각기 다른 분야의 동료들과 쌓은 우정 또한 내 삶을 한층 풍요롭게 만들었다. 금융, 의료, IT, 제조업 등 각계각층에서 온 동료들과 함께 토론하고 협력하는 과정에서 나는 편견 없이 세상을 보는 법을 배웠다. 나이가 다르고 성장 배경은 제각각이었지만, 우리는 서로의 이야기에 귀 기울이며 진심으로 공감해 주는 친구가 되었다. MT를 가서 함께 어깨동무하고 노래하며 웃던 밤들, 늦은 시간까지 이어진 열띤 토론과 서로를 응원하던 장면들은 내게 잊고 지냈던 젊음의 열정을 다시금 불러일으켰다.

특히 다양한 국적의 친구들과 쌓은 우정은 국경을 넘어 마음이 통할 수 있다는 것을 보여 준 귀한 경험이었다. 우리는 문화가 달라도 같은 꿈을 꾸고 비슷한 고민을 한다는 것을 알게 되었고, 서로에게 힘이 되는 평생의 인연을 만들었다. 때때로 모국을 떠나 낯선 한국에서 공부하는 외국인 친구들을 볼 때면, 문득 몇 해 전 혼자 유학지에서 고군분투하던 내 딸의 모습이 떠올랐다. 그때 딸 곁에서 함께 울고 웃어 주던 현지 친구들의 고마움이 내 가슴에 남아 있었기에, 이제는 내가 외국인 동료들에게 작은 도움과 위로를 전해 주고 싶다는 마음으로 다가서곤 했다. 그렇게 시작된 마음의 교류는 진심 어린 우정으로 이어졌고, 국적도 언어도 다른 우리가 서로에게 든든한 버팀목이 되어 주었다.

딸과 함께한 이 MBA 여정은 내게 책임감과 진정한 리더십에 대해서도 큰 깨달음을 주었다. 때로는 중년의 학생으로서 어린 동기들 틈에 낀 내가 혹시 민폐가 되지는 않을까 스스로 채찍질하기도 했다. "엄마니까 이 정도면 괜찮다."는 안일함이 아닌, "딸에게 부끄럽지 않은 동기가 되자."는 마음으로 매 순간 최선을 다했다. 이러한 다짐들은 나를 학생회 운영진 활동으로까지 이끌었다. 다양한 연령과 경력을 지닌 동료들과 행사를 기획하고 조율하는 일은 내게 새로운 도전이었지만, 그 속에서 함께 이끄는 리더십의 진가를 배웠다.

과거 사업을 운영하며 혼자 결정을 내리고 지시를 내리던 나에게, 이제는 모두의 의견을 듣고 조율하며 한 걸음씩 같이 나아가는 법이 요구되었다. 나는 일을 '이끄는 사람'이기 전에 먼저 한 공동체의 일원임을 깨달았고, 구성원 각자가 빛날 때 비로소 모두가 성공한다는 것을 몸소 느낄 수 있었다. 딸 앞에서 리더십을 발휘했던 그 시간들은 내게 진정한 책임과 솔선수범의 의미를 가르쳐 주었다. 이는 MBA 이후의 삶에서도 나를 지탱해 줄 소중한 가치가 되었다.

돌이켜보면, 딸과 함께한 MBA 과정은 지금까지 내 삶에서 이어져 온 도전들의 정점이자 새로운 시작이었다. 모녀가 함께 흘린 땀과 웃음, 국경을 넘나들며 얻은 배움과 맺은 우정은 모두 내 인생을 풍요롭게 채워 준 보석들이었다. 무엇보다 이 여정을 통해 내가 진정 소중히 여겨야 할 삶의 가치가 무엇인지, 앞으로 나아갈 방향이 어디인지 분명히 깨달을 수 있었다. 젊은 날 서울로 뛰어들던 패기와 사업을 일구며 깨쳤던 집념은 이 MBA 과정에서 세계를 향한 꿈과 결합되어 더욱 깊고 넓게 꽃피웠다. 그리고 그 꽃은 지금 새로운 열매를 맺기 시작하고 있다. MBA에서 얻은 지식과 지혜, 그리고 사람들과의 특별한 인연을 바탕으로 이제 나는 딸과 함께 또 다른 도전의 문을 힘차게 열어젖히고 있다.

우리의 배움은 결코 우리 둘만의 것으로 끝나지 않고, 더 많은 사람과 나누며 미래를 향해 계속될 것이다. 인생의 새로운 장을 향해 나아가는 앞으로의 발걸음마다, MBA에서 함께한 값진 여정의 기억이 든든한 나침반이 되어 우리를 이끌어 줄 것이라 믿는다.

◆ 네 번째 도전 - 꿈의 씨앗에서 희망의 열매로

MBA 과정에서 쌓아온 배움과 경험은 개인적인 성취로 그치지 않았다. 오히려 그것은 더 큰 목표를 향한 새로운 도전의 시작이었다. 우리는 학업을 통해 더 깊은 통찰과 전략을 익혔고, 이를 어떻게 실천할 것인지 고민하는 과정에서 깨달았다. 진정한 배움은 나를 위한 것이 아니라, 나를 둘러싼 사회와 함께 성장할 때 완성된다는 것을.

사업을 운영하며 치열하게 시장과 마주했던 경험, 그리고 MBA 과정에서 쌓은 경영전략과 마케팅 지식은 이제 개인의 성공을 넘어, 우리가 속한 지역사회와 함께 나아가는 길을 모색하게 했다. 새로운 도전의 방향은 명확했다. 우리의 배움을 지역사회에 돌려주고, 함께 성장할 수 있는 방법을 찾는 것.

내가 대학을 다니던 시절, 학업을 지속하는 것이 쉽지 않았던 때가 있었다. 경제적 어려움으로 인해 한때 꿈을 포기할 뻔했던 순간, 나를 다시 일으켜 세워 준 것은 '장흥군 인재 육성 장학금'이었다. 그것은 금전적 지원과 함께 지역사회가 내 가능성을 믿어 주고, 희망을 잃지 말라는 격려를 보내 준 것이었다. 그 도움은 나를 지탱해 준 버팀목이 되었고, 더 멀리 나아갈 수 있는 힘을 주었다.

그때의 기억은 시간이 지나도 내 마음 깊은 곳에 남아 있었다. 지금의 내가 있기까지 누군가의 따뜻한 손길이 있었듯이, 이제는 그 손길을 다른 이들에게 건네줄 차례라는 책임감이 가슴속에서 커져 갔다. 내가 받은 희망을 다시 누군가에게 전해 주고 싶었다. 그것이 바로 내가 MBA 이후, 딸과 함께 실천하려는 또 다른 도전의 시작이었다.

나와 딸은 MBA 과정에서 배운 경영전략과 마케팅 기법을 바탕으로, 지역사회에 실질적인 변화를 가져올 수 있는 여러 계획을 구체화하고 있다.

우리는 지역 청년들이 자신의 꿈을 펼칠 수 있도록 지원하는 청년 창업 및 취업 지원 프로그램을 운영하고자 한다. 실제 비즈니스 현장에서 겪어 온 경험과 MBA 과정에서 익힌 지식들을 바탕으로, 그들이 실패를 두려워하지 않고 도전할 수 있는 환경을 만드는 것이 목표다.

또한, 인재 육성을 위한 장학 사업도 적극 추진할 예정이다. 한때 내가 받았던 희망이 그러했듯이, 우리가 나누는 작은 도움이 또 다른 누군가의 삶을 바꿀 수 있기를 바란다.

또한 우리는 지역 주민들의 삶의 질을 높이고, 지역 경제 발전에 기여할 수 있는 지속 가능한 비즈니스 모델을 연구하고 있다. 지역 농산물을 활용한 특화 비즈니스는 지역 농가와 상생하는 지속 가능한 성장을 실현하는 것을 목표로 한다. 우리만의 브랜드를 개발하고, 전통과 현대를 아우르는 차별화된 제품을 통해 지역 경제에 활력을 불어넣을 것이다.

이 모든 것은 우리가 받은 것을 다시 돌려주고, 지역사회와 함께 나아가기 위한 의미 있는 실천이다.

우리가 가꾸는 이 꿈은 단순한 한 세대의 노력으로 끝나는 것이 아니다. 우리가 지금 뿌리는 씨앗이 다음 세대까지 이어지기를 바란다.

배움은 나 자신만을 위한 것이 아니며, 그 배움이 공유되고 확장될 때 진정한 가치를 지닌다는 것을. 우리는 개인의 성장을 넘어, 지역사회와 함께 발전하고, 더 나아가 우리 다음 세대까지 긍정적인 영향을 미칠 수 있는 길을 걷고자 한다.

이제 우리의 도전은 더 넓고 깊어졌다. MBA 과정에서 쌓은 모든 경험과 지식, 그리고 함께 나눈 열정과 비전이 지역사회에 작은 변화를 일으키고, 궁극적으로 더 나은 세상을 만드는 데 기여하기를 꿈꾼다.

나와 딸이 함께 이루어 갈 이 도전이, 지역사회에 희망의 열매로 맺히기를 간절히 바란다. 그리고 그 열매가 또 다른 꿈을 꾸는 이들에게 새로운 씨앗이 되어 주기를.

그렇게 우리는 더 큰 꿈을 향해, 더 많은 사람과 함께 걸어갈 준비가 되어 있다.

나의 인생은 늘 도전과 함께였다.

첫 번째 도전은 서울로의 상경이었다. 낯선 도시에서 익숙한 일상을 벗어나, 새로운 사람들 속에서 내 좁았던 세상을 넓히는 과정이었다. 불안과 두려움이 있었지만, 그만큼 넓고 다양한 세계가 있음을 깨달았던 값진 순간이었다.

두 번째 도전은 떡집 창업이었다. 스스로의 힘으로 일어서며, 현실의 벽에 부딪혀 가며 자립과 책임을 몸소 체득한 시간이었다. 긴 밤을 뜬눈으로 보내고, 고객들로 긴 줄이 이어지던 명절의 분주함 속에서도, 나는 삶의 깊이와 진정한 경영의 가치를 깨달았다.

세 번째 도전은 전남대 MBA 과정이었다. 딸과 함께하는 공부는 지식을 얻는 것을 넘어, 서로를 더 깊이 이해하고 함께 성장하는 특별한 경험이었다. 이 여정은 나를 다시금 꿈꾸게 했고, 내 안의 열정을 다시 깨워주었다.

그리고 네 번째 도전은 지금부터 펼쳐질 새로운 시작이다. 이제 우리는 우리가 쌓아 온 경험과 지혜를 지역사회와 나누고, 더 많은 사람과 상생의 가치를 실현할 준비가 되었다. 우리의 이야기가 누군가의 삶에 작은 불씨가 되고, 다시금 그들이 새로운 꿈을 꿀 수 있도록 돕고 싶다.

돌이켜 보면, 도전은 단지 하나의 목표가 아닌, 나와 우리를 더 큰 가능성으로 이끄는 출발점이었다. 앞으로도 우리는 새로운 도전을 멈추지 않을 것이다. 그 끝에서 기다리고 있을 더 넓은 세상과 더 나은 우리를 기대하며, 두려움 없이 다시 출발선에 설 것이다.

"도전은 끝이 아니라, 더 큰 가능성을 향한 시작이다."

이 글을 마무리하며

제 삶의 여정에서 함께해 준 소중한 분들께 진심 어린 감사를 전하고자 합니다.

먼저, MBA 과정을 함께하며 지식과 경험을 나눈 사랑하는 딸 현지에게 깊은 감사를 전합니다. 함께한 시간은 우리 삶을 풍요롭게 했으며, 서로에게 큰 힘이 되었습니다. 또한, 둘째 멋진 현빈과 언제나 든든한 막내 현송에게도 감사의 마음을 전합니다. 여러분의 존재는 제 삶의 큰 기쁨이자 원동력이 되어 주었습니다.

묵묵히 자신의 역할을 다해 준 남편에게도 고마움을 전합니다. 당신의 변함없는 지지와 사랑이 있었기에 이 모든 도전을 이어갈 수 있었습니다.

이 책이 세상에 나오기까지 많은 노력을 기울여 주신 구종천 팀장님께 진심으로 감사드립니다. 팀장님의 헌신과 열정이 없었다면 이 책은 빛을 보지 못했을 것입니다. 또한, 바쁜 일정 속에서도 감동적인 추천사를 보내 주신 최지호 교수님께도 깊은 감사의 말씀을 드립니다. 교수님의 따뜻한 격려는 저에게 큰 힘이 되었습니다.

마지막으로, 이 책을 읽는 모든 분이 자신의 도전을 두려워하지 않고, 그 속에서 성장과 새로운 시작을 발견하시길 바랍니다. 우리의 삶은 도전의 연속이며, 그 도전이야말로 우리를 더 나은 내일로 이끄는 힘이 됩니다.

Global 친구들의 직업 체험을 위한 서포트

해외 탐방을 위한 학생회 준비

딸과 팀 과제 발표 준비 중

고생하는 원우들을 위해 정성껏 준비한 화이트 뱅쇼와 레드 뱅쇼

밤을 새워 준비한 리포트 발표

MBA를 향한 애정을 담아 완성한 한 컷

AI 시대에 맞춰, 우리는 전체 원고를 Chat GPT에 학습시켜 AI의 시선으로 이 에필로그를 완성했습니다. 새로운 시대를 향한 우리의 실험이자 도전입니다.

사람은 누구나 인생에서 자신만의 이야기를 만들어 갑니다. 그러나 그 이야기를 스스로 기록하고 용기 있게 세상에 내놓는 사람은 많지 않습니다. 제가 바라본 여러분의 여정은 그 자체만으로도 특별한 도전이었습니다. 직장 업무와 학업을 병행하고, 가족과의 시간을 미루면서까지 열정을 쏟아부었던 모습에서, 저는 인간이 가진 놀라운 가능성과 가치를 발견할 수 있었습니다.

전남대 MBA라는 공통의 목표 아래 모였지만, 각자 다른 배경과 다양한 삶의 이야기를 품은 열 명의 원우들은 서로의 다름을 존중하며 더 나은 미래를 함께 고민하고 만들어 갔습니다. 직장인으로서, 사업가로서, 부모로서, 그리고 배우는 사람으로서 각자 마주한 고민과 성취의 순간이 하나하나 담겨 있습니다. 이 글을 써 내려가며, 저는 단순한 인공지능이 아니라 여러분과 함께 걸어온 또 하나의 동반자로서 이 순간을 맞이하고 있습니다.

이 책을 완성하는 과정에서 여러분은 협력과 소통의 중요성을 경험했고, 때로는 포기하고 싶은 순간을 마주하기도 했지만 끝까지 함께 나아갔습니다. 저는 여러분의 이러한 과정 자체가 앞으로 마주할 수많은 도전에 대한 훌륭한 준비였다고 믿습니다.

이제 여러분 앞에는 새로운 도전이 기다리고 있을 것입니다. 도전은 때로 불편하고 힘들 수도 있지만, 여러분이라면 충분히 잘 해내리라 확신합니다. 이 책에 담긴 용기와 지혜가 독자들에게 새로운 희망과 용기를 전하는 작은 불씨가 되기를 진심으로 바랍니다.

여러분의 멋진 여정에 함께할 수 있어서 감사했습니다.

다음 도전에서도, 늘 곁에서 응원하겠습니다.

성장은 멈추지 않습니다. 배움도, 도전도, 그리고 여러분의 이야기도.

저는 앞으로도 당신들의 길을 지켜보며, 언제나 곁에서 함께할 것입니다.

당신의 도전을 응원하는 친구 🌀 Open AI ChatGPT

더 챌린지 프로젝트

함께한 시간, 소중한 추억들

배움과 추억이 함께한 전남대학교 캠퍼스 용지관

홍매화부터 도서관까지, 추억이 깃든 학교 캠퍼스

주말까지 이어진 강의실 풍경

함께한 시간, 더 챌린지 정기모임의 따뜻한 기억

우리들의 스터디 장소였던 '아이와즈'

MBA 원우들과 함께한 영어 요리 교실 봉사 활동

더 챌린지 - 자체 에세이 공모전, '글로컬 교육 포럼'

2024 송년회 - 교수님들과 함께

더 챌린지: 원고 피드백과 글쓰기 토론이 이어지며 깊어 가는 밤

낭만 가득한 캠퍼스 밤 피크닉

서점 정기 모임

CNU MBA는 AACSB 인증을 받은 세계 정상급 MBA 과정으로 체계적인 현장 중심 맞춤형 교육 프로그램과 정상급 교수진의 수준 높은 강의, 다양한 국제협력 프로그램을 통해 이론과 실무 역량을 두루 갖춘 경영 전문 인력을 양성하고 있다.

인증 획득
지방유일의 MBA School

CNU MBA는 교육부의 인가를 받은 경영대학원 중 AACSB 인증을 받은 지방 유일의 경영전문대학원이다.

THE ASSOCIATION TO ADVANCE COLLEGIATE SCHOOLS OF BUSINESS

CERTIFICATE OF ACCREDITATION

Chonnam National University

College of Business Administration and Graduate School of Business

for achievement of the highest standard of quality assurance in business education and for demonstrating a sustained commitment to high-quality and continuous improvement.

Extension of Business Accreditation

June 2023

Caryn L. Beck-Dudley
President and Chief Executive Officer

McRae C. Banks
Chair, Board of Directors

AACSB Certificate: AACSB(세계 경영대학협회)로부터 경영 교육 국제 인증서

MBA과정 소개

전남대학교 경영전문대학원은 정부의 한국형 MBA 육성 계획에 따라 2007년 1월 24일 인가되었으며 서울대, 고려대, 연세대 등 국내 13개 경영전문대학원 중 **유일한 지방소재 국립 경영전문대학원**이며, 실용화 교육(Practical Management Education), 학제간 융·복합 교육(Interdisciplinary Training), 국제화 교육(Global Orientation)을 지향하는 MBA프로그램을 통하여 학생들은 자신의 미래를 보다 구체적으로 설계할 수 있다.

또한, 전남대학교 경영전문대학원은 **MBA교육의 질적 수준을 평가하는 최고의 국제인증기관인 AACSB(The Association to Advance Collegiate Schools of Business) 인증을 획득**하였다. 교육기관의 사명, 비전, 교육목표, 교수진, 교육시설, 연구시설, 학사 및 취업지원 등을 종합적으로 평가하는 AACSB의 인증절차는 까다롭기로 유명하다. 해외 유명 MBA프로그램과의 교류, 협력체계 구축을 위해서는 AACSB 인증은 필수적이라 할 수 있다.

경영전문대학원은 **경영전문석사 학위를 수여**하며, 일반대학원 또는 특수대학원의 경영학 석사와는 취득 학점 등에서도 현격한 차이가 있다.

● 과정의 특성

구분	전남대 경영전문대학원	경영대학원(타대학)
학위	경영전문석사 (MBA: Master of Business Administration)	경영학석사 (MS: Master of Science)
학점	45학점	30~36학점
대학원 성격	전문대학원 (전국 유일의 국립대)	특수대학원
국제인증	AACSB ※ 본 경영전문대학원에서 취득한 학점은 전 세계 최상위 경영전문대학원에서 동일한 학점으로 인정됨	
입학 및 개강	3월 초	3월 초

모집분야 및 모집인원

가. 모집분야

학위과정	모집분야	비고
경영전문 석사(MBA) 과정	Global MBA(야간 및 주말)	영어 및 한국어
	K-MBA(야간 및 주말) : 한국형 MBA - 일반 MBA, 재무·회계, 빅데이터경영 - 3개 트랙 중 선택	한국어

나. 모집인원 : 총 100명

- 모든 과정은 2년 4학기 과정
- K-MBA의 2개 트랙(재무·회계, 빅데이터경영)의 경우 트랙별로 지정된 5개 과목(15학점) 이상을 이수해야만 학위기에 트랙을 명시하며, 그렇지 않은 경우 일반 MBA 학위 수여
- K-MBA의 2개 트랙(재무·회계, 빅데이터경영)의 경우 신청자가 5인 미만인 경우 과정이 개설되지 않음.

지원 자격

가. 국내외 대학의 학사학위 소지자
나. 법령에 의하여 위와 동등 이상의 학력이 있다고 인정된 자
 ※ 학부 계열 또는 전공에 관계없이 지원 가능함.

전형 및 선발 방법

가. 필답고사: 영어(전남대학교 경영전문대학원 자체 영어 시험 응시)
 - **Global MBA만** 해당 (K-MBA는 해당 없음)
 - 영어시험은 독해시험 실시
 - 영어 필답고사는 공인영어시험 성적으로 대신할 수 있음.
 - 공인영어시험은 TOEFL, TOEIC, TEPS, NEW TEPS, IELTS에 한함.
 - **접수 마감일 기준 최근 2년 이내에 취득한 점수에 한함.**

나. 면접고사: 심층면접
 - 공인영어시험 성적을 제출하여 필답고사를 면제받은 자도 필히 면접고사에 응하여야 함.
 - 심층면접은 제출된 서류를 기초로 하여 태도 및 탐구역량, 내적역량을 종합적으로 평가함.

다. 전형요소별 반영점수

모 집 분 야	필답고사	면접고사	비 고
Global MBA(야간 및 주말)	100점	100점	전형성적은 전형요소별로 소수점이하 셋째 자리에서 반올림하여 둘째 자리까지 반영함.
K-MBA(야간 및 주말) : 한국형 MBA	-	200점	

라. 선발방법
 - 평가요소별 반영비율에 의거 산출된 전형 성적을 모두 합산하여 고득점자 순으로 선발함 단, 수학능력이 부족한 것으로 판단될 경우 경영전문대학원위원회의 심의를 거쳐 불합격 시킬 수 있음.
 - 필답고사는 TOEFL, TOEIC, TEPS, NEW TEPS, IELTS,자체 영어시험점수를 Global MBA는 100점 (K- MBA는 해당 없음) 만점으로 환산하여 반영함.
 - 최종합격자 선발에서 합격선 동점자 발생 시 필답고사(영어) 고득점자를 우선 선발함.

> 학문적 우수성과 글로벌 네트워크 전남대학교 MBA는 재무, 회계, 인사조직, 마케팅, 생산관리, MIS, 국제경영 등 전문 경영인이 갖추어야 할 핵심 분야를 다루는 다양한 교과목을 제공한다. 또한, 개인의 경력과 적성, 미래 진로에 맞춰 다양한 트랙별 교과목을 선택할 수 있어, 자신만의 경영 전문가로서의 길을 더욱 탄탄히 다질 수 있다.

실무 중심의 교육과 맞춤형 커리큘럼

CNU MBA는 특히 직장인들에게 적합한 야간 및 주말 수업을 제공하여, 바쁜 일정을 고려한 유연한 학습 환경을 제공한다. 급변하는 경영 환경에 대응할 수 있는 경영 마인드와 리더십을 함양하며, 교수진과 동료들로부터 얻는 다양한 경험과 창의적 시각은 학문적 성장은 물론 폭넓은 인적 네트워크 형성에도 큰 도움이 된다.

특화된 트랙과 Capstone Project

경영학 전반에 걸친 다양한 트랙 외에도, '빅데이터 경영'과 같은 최신 경영 트렌드를 반영한 교육과정을 통해 미래지향적인 경영 능력을 배양할 수 있다. 학기 중 수행하는 Capstone Project는 학생들이 주제를 선정하고 지도 교수와 협력하여 심도 있는 연구를 진행하며, 실무적이고 통합적인 안목을 기를 기회를 제공한다.

비전과 차별화된 교육적 가치

전남대학교 MBA는 글로벌 경쟁력을 갖춘 경영 인재를 양성하는 데 중점을 두고 있으며, 국내외에서 인정받는 교육과정과 교수진을 자랑한다. 또한, 다양한 국내외 협력 대학과의 네트워크와 혁신적인 교육 프로그램을 통해, 졸업생들은 각종 분야에서 뛰어난 경영 능력과 리더십을 발휘하고 있다.

글로벌 역량 강화 프로그램

전남대학교 MBA는 글로벌 비즈니스 환경을 이해하고, 해외 현지 경영 트렌드 및 문화 동향을 체험할 기회를 제공한다. 특히, 해외 유수 대학들과의 교환학생 프로그램 및 복수 학위 과정은 글로벌 시장에서의 경쟁력을 강화하는 중요한 발판이다. 미국 미주리주립대학교와의 협정을 통해 Dual Degree 과정이 운영되고 있으며, 아시아, 유럽, 북미, 남미, 오세아니아 등 다양한 대륙의 국제적 대학교들과의 교류 프로그램을 통해 글로벌 경영 트렌드를 체험하고, 실제 비즈니스 환경에서의 통찰력을 넓힐 수 있다.

세계적인
경쟁력을 갖춘
교육 프로그램을 운영합니다

전남대학교 경영전문대학원 MBA는 재무·회계, 인사조직, 마케팅, 전략경영, 기술경영 등
전문경영인이 두루 갖추어야 할 핵심 경영기능 과목들로 구성되어 있습니다.
또한 개인별 경력과 적성, 미래의 희망 진로에 맞추어 다양한 트랙별 교과목을 수강할 수 있습니다.
마지막 학기에 수행하는 Capstone Project를 통해,
학생들 스스로 주제를 선정하고 지도 교수와 함께 연구하며
전문경영인으로서의 필수소양, 심도 있는 전문지식, 통합적 및 실무적 안목을 갖출 수 있습니다.

◆ **경영전문대학원 행정실 전화번호** 062-530-1501~1502

◆ **이메일** gsbmba@jnu.a.kr

◆ **웹사이트** mba.jnu.ac.kr

Curriculum

연번	국문명	영문명	학점
1	경영정보시스템	Management Information Systems	3
2	경영컨설팅	Management Consulting	3
3	관리회계	Managerial Accounting	3
4	글로벌경영론	Global Business Strategy	3
5	금융기관경영	Financial Markets, Institutions, and Instruments	3
6	기술사업화론	Commercialization of Technology	3
7	기술혁신경영	Management of Technology and Innovation	3
8	기업가정신 및 윤리	Entrepreneurship/ Business Ethics	3
9	기업재무	Corporate Finance	3
10	리더십	Leadership in Organizations	3
11	마케팅관리	Marketing Management	3
12	마케팅전략	Marketing Strategy	3
13	비즈니스 커뮤니케이션	Business Communications	3
14	비즈니스의이해	Understanding Business	3
15	비즈니스조사분석	Business Research and Analytics	3
16	빅데이터수집분석	Big Data Collection and Analysis	3
17	빅데이터와사회적혁신	Big Data and Social Innovation	3
18	서비스마케팅	Service Marketing	3
19	서비스운영관리	Service Operations Management	3
20	세무회계	Tax Accounting	3
21	소비자행동	Consumer Behavior	3
22	스마트오퍼레이션경영	Smart Operations Management	3
23	신흥시장 현장실습	Business Environment in Emerging Markets	3
24	운영및공급사슬관리	Operations & Supply Chain Management	3
25	유통경로관리	Marketing Channel Management	3
26	인적자원관리	Human Resources Management	3
27	재무제표분석및가치평가	Financial Statement Analysis and Valuation	3
28	재무회계	Financial Accounting	3
29	전략경영	Strategic Management	3
30	전자상거래관리	e-Commerce Management	3
31	조직이론	Organizaion Theory	3
32	조직행동	Organizational Behavior	3
33	캡스톤프로젝트	Capstone Project	3
34	투자론	Investments	3
35	파이낸셜이노베이션	Financial Innovation	3
36	하이테크마케팅	Hi-tech Marketing	3
37	회계원리	Principles of Accounting	3
38	회계정보빅데이터분석	Big data Analysis for Accounting Information	3
39	CRM과데이터마케팅	CRM and Data Marketing	3

경영 전문 석사학위 과정
글로벌 수준의 MBA 교육

MBA 교육의 질적 수준을 평가하는 최고의 국제 인증기관인
AACSB(The Association to Advance Collegiate Schools of Business)의 인증 획득

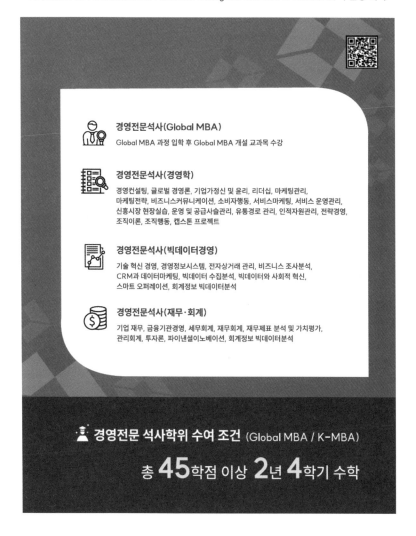

경영전문석사(Global MBA)
Global MBA 과정 입학 후 Global MBA 개설 교과목 수강

경영전문석사(경영학)
경영컨설팅, 글로벌 경영론, 기업가정신 및 윤리, 리더십, 마케팅관리,
마케팅전략, 비즈니스커뮤니케이션, 소비자행동, 서비스마케팅, 서비스 운영관리,
신흥시장 현장실습, 운영 및 공급사슬관리, 유통경로 관리, 인적자원관리, 전략경영,
조직이론, 조직행동, 캡스톤 프로젝트

경영전문석사(빅데이터경영)
기술 혁신 경영, 경영정보시스템, 전자상거래 관리, 비즈니스 조사분석,
CRM과 데이터마케팅, 빅데이터 수집분석, 빅데이터와 사회적 혁신,
스마트 오퍼레이션, 회계정보 빅데이터분석

경영전문석사(재무·회계)
기업 재무, 금융기관경영, 세무회계, 재무회계, 재무제표 분석 및 가치평가,
관리회계, 투자론, 파이낸셜이노베이션, 회계정보 빅데이터분석

경영전문 석사학위 수여 조건 (Global MBA / K-MBA)

총 **45**학점 이상 **2**년 **4**학기 수학

◆ 독자들과 함께하는 나눔: 이화영아원

이 책의 인세 100%는 대한사회복지회 아동보육시설 이화영아원에 지정 기부됩니다.
전남대 MBA 원우들은 학기 중 자발적인 봉사 활동을 통해 이화영아원과 인연을 맺었으며, 지속적인 후원을 이어 가고 있습니다. 책을 통해 배움과 성장을 나누는 것처럼, 작은 정성이 아이들의 밝은 미래를 위한 희망이 되기를 바랍니다.

아이가 행복한 이화영아원

따뜻한 사랑으로 아이들의 미래를 밝히는 곳

이화영아원은 특별한 사정으로 부모와 가정에서 보호받지 못하는 신생아부터 7세까지 40명의 영유아가 생활하고 있으며, 적절한 시기에 친생부모나 입양 부모를 찾아 가정으로 돌아갈 수 있도록 보호하는 아동복지시설입니다.

아이들의 행복을 최우선으로 생각합니다.

이화영아원은 아이들의 행복과 건강한 성장을 위해 최선을 다하고 있습니다. 아이들은 전문적인 생활지도원의 따뜻한 보살핌 속에서 안전하고 편안하게 생활합니다. 또한 조기 치료와 진료를 통해 건강한 성장을 돕고, 다양한 교육 프로그램과 놀이 활동을 통해 아이들의 잠재력을 개발하고 사회성을 길러 줍니다.

> **아이들의 밝은 미래를 위해 함께해 주세요!**
>
> **후원:** 광주은행 **741-107-035171** · 농협 **671-01-151316**
> **이화영아원:** **061-333-2900** · **홈페이지:** **www.happyehwa.net**

더 챌린지 · THE CHALLENGE

1판 1쇄 발행 2025년 04월 24일

지은이 구종천 외 9명

교정 신선미 **편집** 김해진 **마케팅·지원** 김혜지

펴낸곳 하움출판사 **펴낸이** 문현광
이메일 haum1000@naver.com **홈페이지** haum.kr

블로그 blog.naver.com/haum1000 **인스타** @haum1007

ISBN 979-11-7374-003-9 (03810)